転生魔女は滅びを告げる

柚原テイル

富士見L文庫

目次

プロローグ　世界を滅ぼし、救う魔女

「明日《あした》起きたら、世界滅びてないかな……」


もちろん本気なんかじゃない。一瞬だけ心がスッとする響き。

明日が嫌だなと思う時に、軽い気持ちで呟《つぶや》く言葉である。

星奈《せな》は、自分がいないものとして扱われている教室を思い出して、ドサッと自室のベッドに倒れこんだ。

このままでいいなんて思っていない。大事な人に伝えなければならないことがあった。

だから、明日こそ勇気を出すんだ。

――翌日、登校中に信号無視のトラックに撥《は》ねられて、星奈の一生は終わった。

そして、星奈は魔女になった。

世界を滅ぼし、救う魔女に。

一章　後悔だらけの前世と今

女友達を、酷《ひど》く傷つけた。

相手を思いやったはずの言葉が、とんでもない暴言となり、訂正できずに、白井星奈《しらいせな》は、午後の教室から飛び出した。

今年で十八歳となる予定の、高校三年生だ。

生暖かい風を頬に受けて、緑の匂いがする遊歩道を突っ切って。

鞄《かばん》も持たずに家に着いた時には、肌に張り付いたシャツも髪も、ぐしゃぐしゃに乱れていた。

友人の泣き顔が、目の奥に焼き付いて離れない。

今すぐに、謝らなくては……だけど、スマートフォンに触れるのが怖かった。

星奈はどさっとベッドに倒れこみ、枕に顔を埋《うず》めた。

明日、会って謝らなければ……。

けれど、いざ翌日を迎えると、家の玄関で足が止まってしまった。

どんな顔で、何を言えばいいのだろう。どうしたら許してもらえるのだろうか。

傷ついた彼女がもし自分だったら、相手に何と言われたって、元通りに笑える気がしなかった。

――星奈は、たぶん調子に乗っていたのだ。

傷つけてしまった女友達は、星奈を含む四人グループのリーダー格だった。

爪の先まで綺麗《きれい》にしていて、話していると楽しくて、星奈にはいたことがない彼氏もいて、たまに二人で帰った時に、たくさん相談してくれるのが誇らしかった。

四人グループの中でも、一番親しい親友になれたと錯覚して……自分だけが彼女と深い話ができるのだと勘違いしていたのだと思う。

今ならわかる。親友とはお互いの心に寄り添って、尊敬と尊重をしながら、相手を慮《おもんぱか》ってはじめてできる奇跡の産物なのだと。

星奈は失敗した。勘違いで傷つけた。

逃げたのは……逃げ続けたのは、これ以上、上っ面の言葉を重ねて、傷つけてしまいたくないから。傷つけない自信がない。

言葉が、怖い。

一週間後に、とにかく謝罪をしなければと、星奈は学校へ行った。

話がたくさんできそうな昼休みに合わせて登校し、恐る恐る教室の扉を開けると、位置をずらしてランチテーブルに早変わりした机が目に飛び込んできた。

お弁当を食べている者が多い、あとはコンビニのパンを食べるクラスメイトもいる。

グループごとに談笑していて、いつもと何一つ変わらない賑《にぎ》やかな光景に安心した。

けれど、それも一瞬で――。

シ……ン。

星奈の存在に気づいた途端に、教室が静寂に包まれた気がした。

急にひやりと寒気を感じ、反射的に片腕を抱く。

気のせいだと思いたい。絶対に、気のせい……。

「……」

星奈は、自分が欠けた元四人グループの三人へ、のろのろと歩いて行った。

気配に気づいているはずなのに、誰もこちらを見ない。

声をかけなければと、息を吸うと、ヒュッと喉《のど》がおかしな音を立てた。

「……っ、あの……」

冷たい三人の視線が、ゆっくりと星奈を見る。

机を並べて、椅子に座った三人が見上げる形で、たぶん視線は合っているのに、ピントが合わない。

その瞳《ひとみ》は呆《あき》れているようにも、苛立《いらだ》っているようにも、無関心にも見える。

「ご、め……っ」

早く、早く謝ってしまわなければ。そのために来たのだから。

何を口に出しても、おかしな響きになってしまう気がして、考えてきたはずの続く言葉は、全部頭から飛んでいた。

「………」

三人は星奈がまるでいないように、視線を戻して沈黙する。

「──っ」

考えていた謝罪の言葉はもう思い出せないし、どうやっても軽薄すぎて届かない気がして、また星奈は逃げた。

星奈はもう、高校へ行けなかった。

次第に心が、傷つけたくないから、傷つきたくないへと変化していった気がした。

違う。最初から傷つきたくないだけだったのかもしれない。

安全圏から親友が欲しいと願っていた、卑しい心のせいなのだろうか。

両親と何度も、話し合いを持ったけれど、学校へ行くことは強制されなかった。

母は優しく、星奈の味方をして食事を作ってくれていて……食べると、毎日少しだけ元気になれた気がした。

不登校になってから昼夜逆転の生活が始まった。コンビニぐらいは行けたけれど、立派なひきこもりだ。

夜に眠れなくて、明け方から昼まで眠る。

気づけば、家の前を小学生が元気に帰っていく声が聞こえてきた。

「帰ったらー、おれの家しゅうごーう」

その響きで、ああもう夕方なのだと気づく。その繰り返しだ。

一学期はとっくに終わっていた。

女友達を傷つけてから、もう、三カ月の月日が経っている。

スマートフォンの着信はない。ポストにも何も入っていない。

星奈から動き出せないのだから当然だけど……。

自分でもこのままで良いなんて思っていない。毎日、思っているのだ。

明日は学校へ行こう、せめてメッセージを送ろう、思いを綴《つづ》った長いメールをしよう、勇気を出して電話しよう。

けれど翌日になると、何一つできない自分に、がっかりして落ち込む。

今の自分が、何も生産的ではないことに、腹が立つ。

腹を立てる資格はあるのかと自問自答して、消えてしまいたくなる。

時間が経つほどに、元の日常が遠くなるのはわかっている。もう、三カ月、すでに遠い。

「………」

星奈は部屋着のまま、ベッドに仰向《あおむ》けになった。

今の状態を正当化するために、ありえないことを呟く。

「学校が爆発していたら行かなくて済むのに」

社会人になれば、会社が……とかに置き換わるのだろうか。

もちろん、大災害が起きて本当に爆発するとか、リアルなことは考えていない。

それで誰かが困ればいいとかまでは、まったく考えが及ばないこと。

「明日起きたら、世界滅びてないかな……」

ただの、ふわっとした願いだった。本当になくなればいいなんて思わない。

軽い気持ちで口にすると、スッと気持ちが落ち着く呪文《じゅもん》のようなものだ。

行きたくない時、立ち向かいたくない時、かかわりたくない時に、誰だって頭をよぎる言葉に決まっている。

一人でつぶやく分には、誰も傷つけない、傷つかない言葉だったはず。

二学期に入る瞬間も、登校のチャンスにはできなかったけれど、星奈にはまだ、絶好の機会があった。

明日は九月十一日。星奈の誕生日。

ひきこもりは、記念日に脱するのがチャンスだと、体験談で読んだ。

せめて、教室にまではたどり着きたい。その後また逃げ帰っても、自信がつく。

――翌日、登校中に信号無視のトラックに撥《は》ねられて、星奈の一生は終わった。

※　※　※

気づけば、星奈は制服姿のままで雲の上にいた。

怪我もしていなければ、どこも汚れていない。

どこまでも続く、白いフワフワの大地に立っている。事故の時に片足だけ脱げたはずのローファーも元通りだし、体もとても軽やかである。

痛みも感じない。もしかして覚えていないだけかもしれないけれど……。

――あ、これ死んだかも。

奇妙な浮遊感は、地上ではありえないし、雲に立つ状況は天国みたいだ。

星奈はどこまでも続く、白い空間を見つめた。大地が雲っぽいのはいいとして、空まで曇りである。

他に誰もいなくて、天国にしては寂しいところだ。

その時、星奈の前にキラリと光の球が現れた。瞬くように幾度か輝いた金色のそれは、キンッと弾《はじ》けて……。

「白井星奈さん、こんにちは」

手のひらに乗りそうな、小さな天使が現れた。純白の羽をパタパタとさせて、話しかけてくる。

「……こんにち、は」

害のなさそうな可愛らしい姿に、戸惑いつつも返事をする。

「天使です。ご自分の状況、わかりますか？」

「はい。まあ」

天使なのも、状況も、わかると星奈は頷《うなず》いた。

「九月十一日にあなたは事故に遭って亡くなりました。わたし達天使としましては、まさか学校に行こうとするなんて想定外のことでした。寿命より早くお亡くなりになったため、星奈さんの魂を持て余してしまうんです」

「…………」

ものすごく失礼な話だ。神様でも、誕生日に星奈がまさか学校へ行こうとするとは考えなかったという意味合いに取れる。

悪びれた様子もなく、ずいっと天使が顔を近づけてきた。

「これはこちら側の落ち度でして、星奈さんは特別な力とともに転生できます。リクエストは……」

「えっ？」

わりと魅力的なことを言われた。いわゆるチートってやつかなと、部屋で読んでいた異世界に転生した系の漫画で強かった能力を思い浮かべる。

（スキルだっけ、何にしよう？）

不謹慎にもわくわくした。だって、人生をやり直せるのだ。

今度は失敗しない。一からの関係を人と築くために必要なのは、きっと前向きになれるスキルだろう。

もう、一人の部屋で世界を呪っていた自分とはさよならできる。

一瞬だけ、記憶を反芻《はんすう》し、返答を迷った時間はわずかだったのに、天使は星奈の瞳を至近距離で覗《のぞ》き込んで、勝手に頷いた。

「あー、はいはい。わかりました」

アーモンド形の天使の目が、何もかも見透かしているといった様子でキロリと見開かれている。

「えっ？　まだ何も言ってな……」

考えてないのにと焦った時には、すでに星奈の身体はふわりと浮いていた。

次いで、雲の下にある地上へと、ぐんぐん落とされていく。

「強く、生きてください」

心に直接響いてくるような天使の言葉と共に、星奈の魂は赤ん坊につっこまれたようだ。

カッと光に包まれた中で、手足が小さくなるのを感じた。

次いで、人肌の温《ぬく》もり。

新しい母だろう女性が、満面の笑みで星奈を抱き上げてくる。

「決めてたんだ、あんたの名前はセナだよ」

※　※　※

また、十八年経った。

また、セナ。

今度は名字のない、ただのセナとして生を受けた。

いわゆる、転生である。

その恩恵は、ほとんど受けられなかったと思う。

前世の知識はあったけれど、十八歳分の心の成長はあったけれど、十歳を過ぎれば、多少の言動や考えが大人びていても、ただの人である。

セナのアドバンテージは、また森にひきこもるという進歩のないところで止まってしまい、すっかりなくなっていた。

名付けてくれた母のシビーユは、四年前に三十五歳という若さで病により亡くなった。

人が若くして亡くなることが珍しくない、現代より文明の遅れた中世ヨーロッパのような世界である。

前世と異なるのは、魔法があるということ。

けれど、ただ便利だという位置づけで、使用できる者が偉いとか、できない者が虐げられるわけではなく、それぞれが誇りを持って生きている。

――二度目の人生は、そんな世界だった。

その大陸の名は、グレシアズという。

セナが生を受けたのは、グレシアズ大陸の中、ベクラール王国の山奥にあるルードファラの森の家だ。

周囲に他の家は一軒もなかった。二時間ほどかけて山を下りれば、マネンの街があるけれど、セナが行くことはほぼない。

この世界では、意欲的に人の役に立とうと思ったこともあった。

セナは魔法が使えたからだ、なぜか母シビーユは使わないことを勧めたけれど。

十歳でシビーユと共に初めて自分の足で山を下りて、マネンの街へ行った時にセナは女の子を魔法で助けた……つもりだった。

荷馬車に轢《ひ》かれそうな女の子を見たら、咄嗟《とっさ》に口から詠唱が出ていた。

『爆《は》ぜろ！』

車軸だけを狙ったつもりが、荷馬車が爆発して、馬が暴れて荷はガラガラと落ちていく。

女の子も馬も助かったし、怪我をした人もいなかったけれど、大惨事に変わりはない。

『こらーっ！』

酒場のおかみさんに、これ以上ないほどシンプルに怒られて、セナは心の年齢も忘れて泣いた。

やっぱり、役に立とうなんて無理だ。この上手《うま》く使えないおかしな魔法はなんの呪いだろうか。

ひっそりと暮らすしかない。

母シビーユは時々街へ下りていったけれど、セナは森の家の周りの範囲を決めて……ひきこもった。


——話は、今に戻る。

セナは、シビーユ亡き今も、森で一人で暮らしていた。

古びた石造りの家は、三分の一が蔦《つた》で覆われて、その中から赤いレンガの屋根が覗いている。

鬱蒼《うっそう》とした森の中にある、俗称〝魔女の家〟は、セナの生活空間だった。

セナは、黒い髪も瞳《ひとみ》も、容姿は前世と同じのようだった。もっとも、十八年前の前世の容姿なんて写真がないので記憶はおぼろげだけど。

洗いざらしの清潔なシャツを革のボディスで締め、足首までのふくらみのないスカートを身に着けている。

足元は編み上げのブーツで、全てサイズ調節しやすい作りをしている。

いわゆる、貧乏ではないけれど庶民的な生活であった。

朝から庭にある菜園の豆を穫《と》り、干し野菜の様子を確認して、三日分の洗濯をする。

電化製品なんてないのだから、自給自足は時間がかかるのだ。

その後は、森で山菜を採り、あく抜きをする。以前、横着をしてそのまま食べたら、しばらく口が痺《しび》れて懲りた。

自給自足の生活で足りないものは、シビーユが生きていた時からの唯一の知り合いである、行商のおじいさんが二カ月に一度、色々と持ってきてくれる。

セナも内職をして、それを行商のおじいさんに渡して生計を立てていた。人付き合いはそこだけだ。

『強く、生きてください』

天使の言葉はまだ、覚えている。この生活が強いのか弱いのかわからない。

そもそも、強く生きるってなんだろう？

「………」

首を横に振って、考え込むのを追い払った。沈黙は何もかもを停止させる。

せめて、今日だけは。

そう、今日は、またやってきた十八歳の誕生日だった。

(私は変われているんだろうか？　進めているんだろうか？)

人生が、また、停滞している。

ひとりぼっちの森、ひとりぼっちの家の中で、やりきれなくなった。

こんな時は、身体を動かして、美味《おい》しいものを食べるに限る！

セナは少しでも気分を明るくするために、自分のためのバースデーケーキを、パンケーキを重ねて作った。卵をしっかり泡立てたので、よく膨らんだ三段重ねだ。

そして、メッセージのトッピングをしようとしてジャムが残り少ないことに気付いた。キンキンとスプーンでガラス瓶の底をさらっても、ないものはない。

〝セナ十八バースデー〟と書こうとしたのが、〝セナ十八バ〟で終わった。

誰も見ていないのだから、問題はない。

それでも、区切りの良い日ぐらいは奮発したかった。

（確か、もうひと瓶あったはず）

棚を探すと、ジャムはひと瓶だけ予備があった。やったとばかりに、蓋《ふた》へ手をかけると

——開かない。

この世界のジャムの瓶は蓋もガラス製で、吸着するタイプである。そこに砂糖の汁がついて固まってしまったようだ。

布巾《ふきん》で持って動かそうとしても、ビクともしない。

湯せんをするにも、もう火は落としてしまった。スイッチで簡単に火のついた前世とは違う。

「こうなったら……」

セナは、森の家の玄関扉のわきにある外套《がいとう》を取った。

フード付きの赤いそれをまとって、頭も身体も隠すと、庭へ出る。

魔女の家は、家の周りに建物の四倍ほどの広さを持つ庭があった。その周りはほぼ森だ。

庭スペースは木がなく、大地は雑草の処理がされていて、森とは一応の差別化ができている。

菜園や花壇、野菜を干す場所もあった。

唯一森に接していない庭は、玄関扉から獣道を経て山を下りる道へと続く、砂利を敷いた小道と、今は花のないアーチだけ。そこへは、ひきこもりのセナは近づかない。

森へ入る時は、庭から直接出るのだ。

セナは菜園になっていない、ひらけた大地に、ジャムの瓶を置いた。

そして、五歩ほど離れて狙いを定める。

（ジャムの蓋が開かなくなっても、自力で何とかできる）

要は、蓋部分だけ魔法で吹き飛ばしてしまえばいいのだ。これまでだって、一人で何とかやってきていたし。

「爆ぜろ」

風が止んで、今だと思ったタイミングで、詠唱をする。

パンッ！

「…………」

ジャムの蓋はちゃんと開いた。けれど、ジャムも木っ端微塵《みじん》に飛び散った。

木の上で狙っていたのだろう小鳥が、チチチッと舞い降りてジャムをつついていく。

セナは一人で肩を落とした。

「こんなの……」

——こんなのって、あんまりだ。

森の中で一人なのに、ジャムの蓋すら満足に開けられずに、飛び散ってなくなるなんて。

うつろなセナの目に、森から庭へと伸びてきた雑草が映った。

「滅びろ」

セナが魔法を唱えて手をかざすと、サラサラと雑草が枯れて粉になって消えていく。

また、二週間もすれば草は元に戻る、根からは枯らせない呪文《じゅもん》である。

セナが使用できる魔法は、便利な火でも水でもなく、使い勝手の悪い、加減のできないおかしな二つの魔法だけだった。

〝爆ぜろ〟〝滅びろ〟それだけ。

心当たりはあった。転生する前のセナの口ぐせである。

『学校が爆発していたら行かなくて済むのに』

『明日《あした》起きたら、世界滅びてないかな……』

やり直せるなら、前世の自分に忠告したい。軽い気持ちでも、世界を呪いながら死ぬのはよくない。

後ろ向きな心を、特別な力として贈られてしまったのだから。

便利な魔法も使えずに、またひきこもりで……。

諦《あきら》めてセナは、とぼとぼと庭から家へ戻った。

——一人には慣れすぎている。


モソモソとするパンケーキを食べ終えて、セナは内職である魔法道具《マジクラフト》作りに励んだ。

たいしたものではない。セナが使える、よくわからない魔法〝爆ぜろ〟〝滅びろ〟を封じ込めた道具である。

それを、行商のおじいさんに、生活必需品と交換してもらっていた。

セナ自身も、魔法道具《マジクラフト》に生活を助けられている。

火をつけたり、身体を綺麗《きれい》にしたり、そんな日常に必要な魔法道具《マジクラフト》は安価で売られていた。

作り方は簡単で、早朝に大地に溜《た》まるマナ結晶《ギフティア》を摘んで、それを手に持って魔法を籠《こ》めるように詠唱すると、それに応じて形が変わり、魔法道具《マジクラフト》の完成だ。

〝爆ぜろ〟を籠めれば発破の魔法道具《マジクラフト》に、〝滅びろ〟を籠めれば除草剤の魔法道具《マジクラフト》になる。

マナ結晶《ギフティア》は大地から溢《あふ》れる魔法の力の結晶で、そのままにしておけば、日が高くなるにつれて大気へと溶けて消えてしまう。

だから、あらかじめ摘んで、専用の瓶に入れておくと一週間ほど持つ。

採取は早朝に、木の葉などに朝露のようにつく形が見つけやすい。

「爆ぜろ」

「滅びろ」

飽きてきたら、魔法道具《マジクラフト》を交互に作ったりもする。

納品物として整理しておく木箱は別なので、どんな順番で作っても変わらない。

コトンと除草剤の魔法道具《マジクラフト》を木箱へ入れると、もう一杯だった。

ただでさえ、無心で作りすぎることが多いのに、行商のおじいさんが来てくれないといずれ家中が魔法道具《マジクラフト》で溢れてしまう。

（今日はもう、来ないかな……）

行商のおじいさん――アロルドは六十歳。

マネンの街から山を登り、途中から獣道となるこの家へ来るには、帰りの時間も考えると昼過ぎまでに着かなければならない。

ジャムの瓶を爆破してしまったショックで、黙々と魔法道具《マジクラフト》を作っていたら、もう夕方だった。

少なくとも、これで十八歳の朝に死んだ前世よりは長生きになった。外へ出なければ、危険な事故に巻き込まれないのだから当然だ。

窓からは橙色《だいだいいろ》の夕日が差し込んでいる。

（そろそろ、カーテンを閉めないと）

そんな考えが頭をよぎったところで、カランカランと音がした。

家と庭を囲むように張り巡らしてある獣除《けものよ》けの魔法道具《マジクラフト》の音だ。

見た目は鳴子のついた紐《ひも》で、狼や熊などの獣は通過することはできず、人であれば通過できてしまうけど、その時にカランカランと音がする。

セナの行動範囲は、庭へ出て十五歩ほどしかない。今は花も蔦《つた》もないアーチのところに、行動範囲の境目があった。

「やった！　来たっ」

セナは内職をやめて立ち上がり、外套をひっかけてバタバタと迎えに出た。

足取りは軽い。

いつもは鬱陶《うっとう》しいとすら感じる、強い夕方の風も心地よかった。

よくない日だと思っていたけれど、食料が手に入る良い日だ！

誰かにとても会いたかった。どんな反応をされても、ジャムのことを面白おかしく話したかった。

セナは、玄関扉から砂利の小道を走って、アーチへと飛び出した。

「アロルドさ――じゃない……？」

「う……っ」

アーチのところには、金色の髪の華奢《きゃしゃ》な少年が力尽きた様子で倒れていた。いや、青年と呼んだほうが良いかもしれない……。

（誰⁉）

整った顔立ちの彼は、アロルドがいつも持っている大荷物を、罰ゲームのように斜めがけにしたり手に持ったりして、ぐったりとしていた。

担いでいたのだろう薪《まき》の束が、近くの地面に転がっている。

（行き倒れじゃなくて……ええと、弟子？　代理？　違う人が来るなんて聞いてない）

彼は軽装で、荷運びとして山を登る姿には見えない。

知らない人を相手にするなんて、ひきこもりにはハードルが高すぎる。

「っ——やっと、着いた」

「わ、わっ」

倒れていたと思った青年が、ゆらりと起き上がる。フラフラしながらも、その青い双眸《そうぼう》がセナを射貫《いぬ》くように見た。

目を合わせるつもりはなかったのに、視線がぶつかってしまう。

見知らぬ、整った顔立ちだ。

「……あんたが、魔女？」

青年がセナを目指して来てくれたのは、言動からわかった。

正確には、魔女とは俗称的なもので、実際はそんなデキる響きの存在ではないと否定したかったけど、上手《うま》く言葉にできない。

「違っ、ええと……」

他人に免疫がないのに、いきなり歳が近そうな男の人とか、無理！

顔が熱い。走って家の中へ逃げて帰りたい。でも、生活必需品を持っているのは彼だ。

「魔女のくせに、なんで魔法道具《マジクラフト》がいるんだ？」

そんなに、ぽんぽん聞かれても、すぐに答えられない。

魔女のことを話せば長くなるし、いやもう、顔が近くて。

セナが戸惑っていると、青年はまた、ぐらりと揺れた。

そして、踏み込むように一歩セナへ近づく。

「困ってんだろ。ほら、あんたの生活の……荷物……」

ドサッと青年は倒れた。今度こそ、起き上がらない。目も開けない。

体力の限界だったみたいだ。

彼が倒れていると、セナでも、さっきより腰は引けない。

魔法道具《マジクラフト》をよく知っていて、軽装。セナは思い当たることがあった。

(この人は、魔法が使える人なのかも)

行商のアロルドは魔法が使えないので重装備だけれど、使える人は生活魔法で荷物を浮かせることができる。

魔法が使える人でなければ、支障はないけれど、魔法道具《マジクラフト》には、やっかいな性質がある。魔法道具《マジクラフト》を持ったまま魔法を使うと、干渉して全部が壊れてしまう。もちろん魔法も不発だ。

だから荷車を使わない運搬や魔法使いの旅の装備に、魔法道具《マジクラフト》は向いていない。

気軽に引き受けたら、荷物が魔法道具《マジクラフト》で疲弊してしまったのかも……。

セナは、横たわる青年の顔を改めて見た。

（重かったんだな、私の二ヵ月分の生活必需品）

どんな成り行きで引き受けてくれたのか、アロルドに何かあったのか。

「……っ、どうし……よう」

このまま荷物だけ貰《もら》ったら、追剥《おいは》ぎである。そんなことはできない。

では、どうするか――。

青年の足は、さっき一歩踏み出したせいか、片方だけアーチの中へと入っていた。

一応、セナの家の敷地で倒れた判定だ。

そんな彼を助けるなら、他の青年の身体全部がある……セナの行動範囲の外へと出なければならない。

（ほんの少しの、ことだ）

放っておくことができなくて、セナはアーチの外へと出ようとした。

――途端に。

パパパーッ！

「……ひっ！」

セナの頭の中に、トラックのクラクションが響く。

反射的に目を瞑《つぶ》り、びくっとして、動けない。嫌なフラッシュバックだった。

外に出たら、今が終わる気がする。倒れた彼はそこにいるのに、無理だ。

(幻聴だって、わかるのに)

わかるのに、なぜだろう。何が惜しいと言うのだろう。

こんな山奥の、荷馬車すら通れない場所……安全圏で閉じこもって、何が怖いというのだろう。

また、ひきこもって、終わるの？

「う……」

青年が微《かす》かに呻《うめ》いた気がした。

「っ！」

セナは目に力を入れて頑張って開けた。すると、身体が勝手に動き始める。

でもそれは、一呼吸置いた意志と同じで、とても心地よい感覚で。

(この人が私にしてくれたように、知らない誰かのために、頑張れる人もいるのに)

セナはもう、落ち着いていた。

ゆっくりと右足を出すと、外に踏み出す。

ブーツの裏に大地を感じた。不思議と恐れも、躊躇《ためら》いもなかった。

青年に触れるのにかまわず、彼の荷物を下ろしていく。フードが頭から落ちて、黒い髪が零《こぼ》れても気にもしない。

大丈夫だ。この世界に、信号無視の車なんてない。

閉じこもった箱から顔を出しても、珍しがったり、笑ったりする人はいない。

誰も待っていないとか、気づかないとか、無視もない。

手を伸ばせば、彼はここにいる。

セナは青年をありったけの力で引きずり、家の中へと運んだ。


青年をベッドに寝かせると、セナの息は完全に上がっていた。

「っ、はぁ……っ、はぁ……もう……」

もう一度やれと言われたら、無理な肉体労働である。あとで、散らばった荷物も取りに行かなければいけないけれど、その前に……。

セナはパタパタと戸棚へ走った。そこには、普段はあまり使わない少し値の張る魔法《マジ》道具《クラフト》が置いてある。

戸棚から魔法道具《マジクラフト》を救急セットにして集めた籠《かご》を持ち、ベッドサイドへ戻った。

とりあえずの処置として〝癒《いや》し飴《あめ》〟という名の、フィルムに包まれた飴に似た魔法道具《マジクラフト》を、青年の顔の上で広げる。

治癒の水魔法で作られた〝癒し飴〟は、疲労や軽い体力回復まで万能の魔法道具《マジクラフト》である。

〝癒し飴〟は包んでいたフィルムごと発動し、青年にキラキラと降りかかるようにして消えた。

（どう……かな？）

眠ったままの青年を見ると、苦しげだった呼吸と青ざめていた顔色が和らいでいた。

「……よかった、けど……うぅ」

安堵《あんど》してすぐに、青年の恐ろしく整った顔立ちと長い睫毛《まつげ》に、改めてセナは緊張してしまう。

助けたことは間違っていないはずだ。

それでも、この状況についていけない。何より、今後悔していることは——。

（私の寝る場所……ああ、愛用の枕も）

当然の流れで提供してしまったけれど、今夜どこで眠ればいいのだろう？

仕方なく、セナは室内から梯子《はしご》をかけて行き来できる屋根裏に、藁《わら》を敷いてシーツをかけることにした。

青年が運んでくれた荷物を何往復もして家の中へ入れて、自分のベッドメイクをしたらもう、くたくただ。

彼がまだ目覚めないのを確認して、セナは屋根裏で眠ることにした。

衣服をまとめた枕は安定が悪く、床も固く感じる。

(睡眠には、こだわるタイプなのに)

寝心地は悪かったけれど、疲労には勝てず、セナは眠りに落ちていた。

※　※　※

――ここは？

「っ……！」

キースがバッと起き上がると、寝かされていたベッドのシーツがさらりと音を立てて落ちた。

どうやら、危険な場所ではなさそうだ。

(気を失っていたのか)

油断していた。荷物を届けるだけのつもりが、倒れてしまった。

暗がりに目を慣らしながら室内を見回す。気を失う直前の記憶だと、魔女の家に無事についたようだ。

ベッドから見渡せる範囲の生活空間は、ささやかな暮らしに見えた。

魔女というから身構えていたが天井から吊《つる》されているのは香辛料で、怪しげな秘薬ではない。

台所らしき部分に並べてある瓶も、調味料であり、人の生き血ではなさそうだ。

ベッドサイドの籠を覗《のぞ》くと〝癒し飴〟やら、回復用の魔法道具《マジクラフト》が入っている。

たぶん、これを自分に使ってくれたのだろう。

「魔女の家……か？」

どうやら、この家の主は、魔女と呼ばれているくせに、怪しげな実験もしないどころか、魔法も使えないらしい。人の噂なんて、そんなものだ。

キースがゆっくりと身体を起こす。痛むところはなかった。

ただの疲労だから当然だったけれど。

キースはベッドから下りると、室内の中央にある大きなテーブルへと近づいた。その上や椅子、床に至るまで、乱雑にキースが運んできた荷物が置かれている。

どうやら、家主は片付けが苦手か、整頓《せいとん》する前に力尽きたようだ。

恐らくは後者だろうけれど、そんなところに害のなさを感じた。

「…………」

ふっと笑みが零れた。

部屋の様子に、懐かしさを覚えた。乱雑ではあるが清潔で、穏やかな暮らしなのだろう。

キースの肩の力は自然と抜け、警戒心も解けて、妙に居心地がよい。

荷物を仕分けして片付けよう。要領はわかる。

生活用の魔法道具《マジクラフト》だけ、魔法の干渉で壊さないように選《よ》り分けて、ストックが置いてある場所へと入れていく。

残ったのは、食料と調味料と布類と薪《まき》だった。

キースは、それらへ向けて、生活魔法を唱える。

「浮け」

小麦の袋もパンも、薪の束も何もかもが軽々と浮いた。戸棚や台所のわきなどに狙いを定めて、あるべき場所へと誘導する。

「運べ」

大きな音をたてないように片付け終えると、妙にすっきりした気持ちになった。

それだけで、来てよかったのだと思う。

ここへ来たのは、ただの気まぐれだった。あてのない役目からの逃避だったのかもしれない……。

気を失う二時間ほど前、キースはマネンの街にいた。どこにでもある田舎の街。

大勢の人と会い、街で聞き込みをする。また、からぶりである。

正直なところ、キースに与えられた仕事は、厄介払いのためにしか思えなかった。

だが、それを言葉や態度に出すわけにはいかない。

それでもつい、一人になりたい――と単独行動をした市場の店先で、行商人らしき男が困っていた。

背負子《しょいこ》をせおい、さらに大荷物を手に持った初老の行商人が、小麦を売る店主から大きな袋を受け取っているところで……。

『アロルドさん、今回ばかりはやめときなって！　あんたも歳だし、腰が治ってないんだから悪化するよ』

『何のこれしき、セナ嬢ちゃんが困ってしまうわっ。母親を亡くして、わしを待っとるんじゃ！　ふんっ』

アロルドと呼ばれた行商人は、背負子を下ろしてその上へ小麦袋をくくりつけて、また勢いをつけて背負った。

口ぶりからすると、困っている娘に荷物を運んでいく様子だ。

『ぐっ、ぬぬぬ……』

すぐに、アロルドが中腰で固まる。よほど腰が痛いらしい。

『ほら、もうやめときなって。あんな森の魔女、放っておけばいいんだよ、お腹が空《す》いたら街に出てくるさ』

（森の魔女……？）

キースは興味をひかれ、聞き耳を立てた。

お腹が空いたら出てくるとは、あんまりな言われようである。

しかし、その言葉は懐かしく、キースの昔の生活を思わせた。

あの人も、森に住む変わり者で、部屋にこもり、死にかかるまで食事を忘れることがしょっちゅうだった。

そして、あとからキースに腹が減ったと申し訳なさそうに言うのだ。

もう会えないのに、懐かしさがこみ上げる。

『たまには様子を見に行かんと、倒れていたらどうする！』

『その前に、アロルドさんの腰が壊れるよ』

みかねた店主が背負子に手をかけて、持ち上げた。

『じゃあ、あんたがわしの代わりに行っておくれ、店番はしておくから』

『行くわけないだろう、あんな山奥の森の中に！』

どうしても、行かなければならないようだ。

森から出ないらしい魔女とやらは何者なのか？

魔法を使えば荷物は重くないだろう。山道も魔法でひとっとび、気分転換にもなりそうである。

キースは、二人の前へ進み出た。

『――じいさん。困ってんなら、俺が行ってやろうか？』

まさか、魔女あての荷物が、魔法を使って運べない魔法道具《マジクラフト》入りだとは思わなかったけれど。


記憶を反芻《はんすう》し、魔女の家の中でキースはやれやれと息を吐いた。

暗闇は、すでに深夜を過ぎて朝方へと向かっている。

その時、カサカサッと藁の音がして、キースは屋根裏へと目をやった。

「うう……ん……」

梯子をかけた上にある、急ごしらえの雑なベッドで、魔女が寝苦しそうに丸まっている。

どうやら、キースがベッドを奪ってしまったようだ。

随分とお人好《よ》しで隙がある魔女だ。

もっと子供を想像していたが、同じ年頃の娘みたいで、気を失う前に交わした会話も世慣れていないものだった。

さっき荷物を運んだ要領で、キースは生活魔法を唱える。

「浮け」

魔女の身体がふわっと浮いて、濃い色の髪が零《こぼ》れた。

確か、髪も瞳《ひとみ》も変わっていて、みかけない黒だったように思う。

「運べ」

続けての詠唱で魔女の身体を屋根裏から下ろす。

そのまま魔法で運ぼうとしたところで、なんとなく気が変わった。

さっき手で運んで片づけた、管理が面倒で、壊れやすい魔法道具《マジクラフト》が記憶に新しい。

(この魔女も……壊れやすい気がする)

気のせいであり、キースの気まぐれであったが。

「いや、こいつは運ばなくていい」

生活魔法を中断すると、キースの上まで運ばれてきていた魔女の身体の浮力が途端になくなる。

手を広げていた場所へ、横抱きになるように魔女がドサッと落ちてくるのを、キースはしっかりと抱き留めた。

温かくて華奢《きゃしゃ》な身体で、その表情はあどけなく眠っている。

「……魔女っつーか」

ただの無害そうな娘だ。

荷物の恩があるとはいえ、知らない男を一人暮らしの家で休ませるなんて不用心すぎる。

（起きないし……）

無防備な寝顔をつい見つめそうになって、キースは小さく首を横に振った。

そのまま、魔女を起こさないようにベッドまで運んで、そっと寝かせる。

「ん……っ」

静かに置いたのに、歩いていた時より安定したはずなのに、もぞもぞと起きやがった。

つい密《ひそ》やかな声が出る。

「いいから、眠ってろって」

キースは風の魔法を唱えた。眠らせる魔法ではなく、ただ心地よいゆりかごのように風によって対象を揺らす詠唱を口ずさむ。

「夜の風よ優しく揺らせ、ゆりかごのように――」

すぐに、室内にそよ風が起こり、彼女のまわりをふわりと包んで赤子を揺らすように宥《なだ》めていく。

「……………すーっ……すーっ………」

規則正しい寝息が聞こえて、キースは安堵《あんど》した。

どうやら、眠ったようだ。

夜の闇に溶けるような長い黒い髪がシーツの上に広がっている。つい触れそうになって戸惑う。

前髪もやや長く、額に散っている。その乱れを直して頭を撫《な》でたらおかしいだろうか。

たぶん、目覚めさせて驚かせてしまう。

キースはまた、詠唱に入った。

「安らぎの風よ、額を撫で、しばしの幸福の夢へと――」

小さなつむじ風が起こり、魔女の前髪がさらりと浮いて、ゆっくりと額に落ちた。

整った髪の間から覗く額に、トントンと撫でるように風を微《かす》かに走らせる。

願わくは、穏やかな夢を。

二章　世話焼きで料理上手な来訪者

　セナは自分のベッドの中で、とても幸せな夢を見ていた。

　温かくて、ずっと眠っていたいような、どこか懐かしくて浸っていたいような、そんな不思議な感覚に心地好く漂う。

『星奈《せな》ー、ごはんよ、どこにも行かなくていいから、片づけちゃいなさい』

『セナ、今朝はあんたの大好物だよ』

　夢だからか、今は側にいないはずの前世と今世の母が、二人してセナに話しかけてくる。

　どうやら、朝ご飯の準備をしてくれているらしい。

（味噌《みそ》汁の匂い……）

　なんてリアルな夢なのだろう。今起きれば、そこに母がいる気がした。お寝坊さんだと、セナを笑いながら叱ってくれるに違いない。

会いたかった。一人でいるのは、飽きてしまって、寂しくて、もう嫌だった。

「……！」

セナは、ベッドから身体を起こした。

すると不思議なことに、台所にエプロンをつけた誰かが本当に立っている。

まだ、夢の中だろうか。

思い出の中の母と背恰好《せかっこう》は同じぐらいだけれど、すらっと細くて、髪色は二人の母のどちらとも違う。

「お母さん……！」

「誰がだ」

しかも、その幻影は驚くことに返事をしてきた。

（夢じゃ……ない）

振り返ったのは、青年だった。

セナと同い年ぐらいなのに、エプロンが妙に似合っている。

「朝……ご、はん……？」

寝ぼけながらランプが照らす部屋を見渡すと、夢の続きのような朝食が用意されていた。

目玉焼きに、茹《ゆ》でたソーセージ、小さなガラスの器には色どり豊かなサラダが入っていて、焼きたてのホカホカとしたパンがバスケットに積まれている。

さらに、木の椀《わん》に入った味噌汁が美味《おい》しそうな匂いと共に湯気をたてていた。

十八歳になってはじめて迎える朝、引きこもり生活が、おかしな事態になっていた。

「えっ……」

もう一度周囲を確認したけれど、間違いなく自分の部屋だ。

(そっか、行き倒れていた男の人を助けたんだっけ?)

何とか家に運んで介抱したけれど、疲れて眠ってしまったらしい。しかも、朝ご飯を作ってもらうまで、全然気づかずにいた。

「冷めるからさっさと食え」

エプロンを外すと、その人はまるで自分の家の食卓のように自然と母の席につく。

「う、うん……ありがとう……私、お客様にこんなこと」

放置して寝坊した上で、お母さんみたいにご飯を作らせてしまった!

戸惑いながら頷《うなず》くも、頭の中は後悔でいっぱいだった。

ちらりと男の人を見る。悪い人ではなさそうだけれど、見ず知らずの人を泊めるなんて、自分の事ながら危機感がなさ過ぎる。

「いいから早く。充分寝ただろう、しゃんとしろ」

（チクチクと……オカンだ）

いきなり母のような小言を言われてむっとするも、それに伴って緊張感は消えていく。

セナは彼の向かいの席についた。

美味しそうな味噌汁の匂いに、空腹を覚える。

誰かにご飯を作ってもらうなんて四年ぶりだ。それにしても、彼はなぜ味噌汁の作り方を知っていたのだろう。

「あっ……！」

食卓にあるべきものがないことに気づいたセナは席を立つと、食器棚へと向かう。目的の物を見つけると、そのうちの一膳《ぜん》を彼の前に置いた。

「あの、よかったら……」

「なんだ、これ？」

母のシビーユの箸《はし》を見て、彼が不思議そうな顔をしている。

「遠慮なく、いただきます！」

空腹に勝てず、セナはひとまずテーブルで両手を合わせると味噌汁へと手を伸ばした。

「味噌汁、久しぶり、身体に染みこむ日本の味！」

「って、食前の祈り、略しすぎだろ」

見れば彼は両手を組んで、本格的なお祈りをしようとしていた。

臨時の商人にしては、随分と礼儀正しい人だ。

「いただきます」

彼はフォークを置いて、箸を手に取った。味噌汁の具材であるキノコを箸で持ち上げようとするも、手つきがぎこちない。

どうやら箸を知らないみたいだ——って、知るわけがなかった！　失敗した。

つい、母にしていたみたいに、準備を手伝ってしまったのだ。

「箸……無理に使わなくても」

「あんたができてて、俺ができないわけない」

何度かキノコに逃げられるも、すぐに摑《つか》んで口元まで運べるようになる。

「おお……早っ」

負けず嫌いだけれど、器用な人みたいだ。

具材に続いて、恐る恐る汁もセナのマネをして椀ごと口に運ぶ。

「これは……！　美味《うま》いな。台所にあったレシピに、味噌とやらの使い方が書いてあったから半信半疑で作ってみたが……」

「でしょう！　作るのに苦労したんだから。おダシも使ってくれてありがとう」

「あんなに書付があれば従うって……」

彼がげんなりしながら台所へ目をやった。

そこには味噌の壺《つぼ》をはじめ、調味料の入った瓶に内容物と調理法をびっしり記した小さな羊皮紙が貼り付けてある。ラベルの代わりだ。

「人間、適当に過ごしていると忘れるの……当たり前にある調味料がないの。一から試行錯誤して、使い方まで、適当では生まれないものがあるから」

味噌を造るまでも、造ってからも試行錯誤したので、つい力説してしまう。

ラベルは本当に便利だ。中に入っている物を記しておくだけでなく、その材料から、保存の注意点、調理法までを簡潔に書いた。

そのありがたみが、特に母がいなくなって痛いほどわからされたので、セナはすべての瓶に自分で記すことにしていた。

「……？　あ、ああ。料理に目分量はよくないな、適当になって忘れていくし」

意外にも彼は、味噌汁をもう一口飲みながら賛同してくれる。

料理が好きだから、エプロンがよく似合っていたのかもしれない。

「これは、穀醤《こくびしお》か？　蓋《ふた》には味噌とか書いてあったけど……」

「そう、醤油《しょうゆ》もあるよ。穀醤《こくびしお》から、味噌も醤油も工夫してお母さんと作ったの、万能調味料！」

穀醤とは、大豆を発酵させて造る醤油と味噌の原形のようなものだ。

この世界には、当然だけど日本食どころか、味噌も醤油もなかった。小さい頃、どうしても味噌汁が飲みたくなって、母を困らせたことを思い出す。

そして、母と二人、セナの味覚と記憶を頼りに手探りで、何とか作り上げた思い出の調味料だった。

「これって、あんたの家で作った調味料なのか⁉」

「うん。そう、なるかな。私とお母さんの」

彼が心底驚いた顔で、味噌汁を見て、味を確かめるように再び口に含んだ。

あれは、たしか母シビーユが三十一歳、セナが十歳の時だ。壺に大豆や塩などの材料を入れて、魔法道具《マジクラフト》で発酵させ、試行錯誤しながら造った。

自然と、あの時のことが思い出されていく。

「お母さんは、珍しい人だったんだ。魔法を使えないけれど、魔法道具《マジクラフト》を他の人よりずっと器用に使いこなしていてね」

発酵させたいと言ったら、母は珍しい風と火の力が込められた魔法道具《マジクラフト》をどこからか手に入れてきてくれた。

そんな珍しい物は需要がないから格安だったと自慢げだった。

「でも……誰でも魔法道具《マジクラフト》でできることなのに、使いこなしているだけで、異端の目で見られてしまって……さらにその時、あの事件も重なって……」

馬車を爆破させたのと、同じ時期である。

聞かれてもいないのに身の上を話していたことに気づいて、セナはハッとした。

見れば、彼の食器は空になっている。

「へぇ――だから、魔女の家か。魔法も使えないのに、えらい言われようだな」

「わ、私は魔法が使えるよ。たぶん……って」

思わず訂正しかけたけれど、知らない男の人に、うっかり話し過ぎだ。ついさっき、不用心だと思ったばかりなのに。

「安心しろ、別に変に思ったりしない」

セナの心配を察してくれたのか、彼はそう約束してくれた。

ひとまずホッとする。

「あ、ありがとう。色々と……作ってもらったご飯も、人に話を聞いてもらえたのも久しぶりで、私、しゃべりすぎてたら……ごめんなさい」

謝ると、彼が不思議そうな顔をした。

「あんたが謝ることじゃないし。変な奴……つーか名前、魔女じゃないいんだろ？」

「あっ！　セ、セナです」

ここまで話し込んでおいて、今さらお互いに名前も知らなかったことに気づく。

「セナか、歳は？」

「……十八歳」

前世でのことがあるので、少し躊躇《ためら》いながら答えた。すると、意外そうな顔をして、彼も名乗る。

「そうか、俺はキースだ。キースと呼べ」

「キースは………な、何歳？」

尋ねるなり、食事を終えたキースが立ち上がって勝手に片付けを始める。

「十六になる」

偉そうなのに、まさかの年下だった。だから、警戒しないでいられたのかもしれない。

年下なら……身構えなくて正解かも。

「おい、あんた今、失礼なこと思っただろ？」

思わず、頰が緩んだのを見られたらしい。じとっとした目で見られる。

「ええっ、お、思って……ないよ？」

「俺が来なかったら、あんた餓死だぞ。命、握られていると思え」

やはり偉そうだった。物資が届かなかったら困ることになっていたのは本当なので、反論できない。

「う……それには、感謝してます……あの、いつもの行商のアロルドさんはどうしたの？キースは、代わりのお弟子さん？」

弟子という言葉にぴくりと彼が反応したのがわかる。

「……弟子！　俺がそう見えるのかあんたは！　ったく……俺が来たのは――アロルドってじいさんが、腰を痛めて困っていたから、代わりだ」

どうやら彼は、偶然街で困っていた行商人を手助けしようと、荷物をここまで持ってきてくれたらしい。やはり悪い人ではなさそうだ。

「まさか魔法で運べない魔法道具《マジクラフト》入りだとは、思わなかったけれどな」

口ぶりからすると、キースは魔法で運べばいいと気軽に引き受けたのだろうけれど、干渉してしまう魔法道具《マジクラフト》は担ぐしかなく、セナの家の前で力尽きたということみたいだ。

お人好しで、頑固な人みたい。

「……ご、ご迷惑おかけしました。おかげで助かりました」

姿勢を正して、セナは礼を述べた。

「どういたしまして。さて、行くか」

キースが椅子に掛けてあった自分の上着を手に取る。

「帰るの？」

セナは椅子から立ち上がると尋ねた。いきなりだったから、寂しそうな声が出てしまったかも。

名乗り合ったので、知らない人ではなくなったとはいえ、出会ったばかりの彼ともう少しぐらい話をしたいと思ってしまうのは、おかしいことだろうか。

「違う、味噌を使い倒さないと俺の気が収まらない。あれに合う食材、森へ採取しに行くぞ。案内しろ」

「う、うん……！　近いところしか行けないけど」

彼の答えは予想外だった。

初めて使う箸で食べようとしたり、未知の物に出合うと色々試してみないと済まない性格らしい。

キースは、お人好しで、頑固で、凝り性な人みたいだ。

名前以外はほとんど知らないけれど、とりあえず料理好きなのは間違いなさそうだった。

　セナは急いで外出用の外套《がいとう》を羽織ると森に入る時に持っていく籠《かご》一式を手にして、先に家を出たキースを追った。

「遅いぞ」

　出るなり、小言が飛んでくる。けれど、不思議と嫌な感じはしなかった。

　弟というよりも母に近いからかもしれない。いや、きっとその両方だろう。

「まだマナ結晶《ギフティア》がある、やっと日が昇り始めたところ……早起きだ」

　目の前の景色を見て、ぼそりと呟《つぶや》く。

　ルードファラの森は神秘的な姿をしていた。

　眩《まぶ》しいほどの朝日に照らされ、ルードファラの森が黒く、けれど空と木との境界が輝いているかのように光って見える。

　木々は真っ直ぐではなく、好き勝手に斜めに生えてさらに手を広げるように枝が伸びているし、人の手が入っていないので地面も平らではない。

　そして、早朝の森を最も幻想的に見せているのは、葉にキラキラと輝いているマナ結晶《ギフティア》だった。

　マナ結晶《ギフティア》は、雫《しずく》状をしていて、大地から溢《あふ》れる魔法の元が結晶化したものと言われている。

どこの森でも起こることで一般的に知られていることだけれど、セナのように魔法道具《マジクラフト》を作る人間以外には、あまり用はなかった。

「ま、待って。ちょうど、持ってきてくれたこれ、切れかかってて」

持ってきたバスケットから、九つの鈴をまとめた形をした魔法道具《マジクラフト》一つを取り出した。

キースに持ってきてもらった荷物の一つだ。

「魔法道具《マジクラフト》か、使わないから詳しくない。何だそれ？」

キースは魔法を使える人なので、馴染《なじ》みがないのだろう。セナが取り出した物を、興味深げに見つめる。

「これは〝獣去る鈴〟こうやって！」

鈴を高く持ち上げて軽く振ると、シャンシャンという音と光の渦が周囲に広がっていく。家を中心にして張り巡らしてある鳴子がカラカラと鳴った。その範囲までが〝獣去る鈴〟の効果内だ。

「結界か、よくできているな」

眺めていたキースが感心した声を上げた。魔法道具《マジクラフト》の効果が、目で見てわかったのだろう。

「違うよ。そんな大それたものじゃなくて獣除《けものよ》け。お母さんがこれで熊とかオオカミは入ってこないって」

安全に森で採取ができるようにと、母が教えてくれたのだ。

「いや、こいつは結界だから。これだから母親が世界のすべての、ひっそり暮らしは」

彼がため息をついて、呟く。セナは半信半疑で、首を傾げた。

わりと一般的な魔法道具《マジクラフト》だし、たいした効果はないはずだ。

「まあ、いいや。さっさといくぞ」

キースが勝手に森へ入っていく。その後をセナは追いかけた。


「刈れ。集めろ！」

家から少し離れると、キースが生活魔法を詠唱する。

群生していた山菜が、風によって切られ、そのまま彼の手元まで運ばれていく。

「大量、大量。今夜はご馳走《ちそう》だな」

山菜だけでなく、キースは果実を採取し、ウサギまで魔法で捕獲していた。

何も持つ必要がなく、動く必要すらない。生活魔法が使えるというのは何とも便利そうで羨《うらや》ましかった。

一方、セナの方はというと、注意しながら知っているキノコを採取していく。

「あんた、ここで暮らしているくせに効率悪いな」

「放っといて。私は冒険しない主義なんです、魔女は名前負けだから」

キースの遠慮ない言葉に、むっとしながら答えた。

セナは森に住む、使えない魔女だ。

魔法は使えるのだと思う。

確信が持てないのは、火や水といった精霊魔法や、暮らしに便利な生活魔法は、何一つ使用できないからだ。

怪しいけれどよく効く薬を調合できたり、博識で人の役に立てたりするのが魔女だとすれば、セナはまったく魔女として使えない。

そもそもずっと前から、人と会わずに森の中で引きこもっていたから役立たずだ。

母が亡くなってからは、それこそフード付きの赤い外套で黒い髪と黒い瞳《ひとみ》を隠して、誰も傷つけない、傷つかない距離でずっと一人でいた。

「セナ、魔法使えるんだろ？　あれ取ってみろよ」

キースが腕を上げて、上の方を指さす。まるで食器棚の上の方から皿を取れというみたいに気軽に。

一人でひっそりと暮らしていたはずなのに、突然尋ねてきた彼はこうやって遠慮なくあれこれセナに指図してくる。

年下なのに、初対面なのに、変な人だ。

「……別にいいけど」

彼が手で示したのは、高い木に生《な》る果実だった。生で食べてもそこそこ甘く、火を通すとさらに甘くなるご馳走だ。

できないって言えばいいのに、キースの品が良いのにどこか挑発めいた口調に、やる気をくすぐられてしまう。

実際にできなくはない、はずだ。

二つしかないセナの使える魔法は、正確なコントロールや、強さの加減ができないだけで、木の実ぐらいは落とすことができる。

ただ、今回は的が小さいので不安が残るだけだ。

(枝は傷つけずに、果実のヘタだけを狙って。落ち着け……できる)

セナは手を伸ばして木の実へとかざした。そして、魔法を詠唱してみる。

「爆《は》ぜろ！」

「はっ？」

キースが目を丸くした向こうで、パンと何かが弾《はじ》け飛んだ。

果実のヘタよりずっと広範囲だった〝爆ぜろ〟の魔法により、果実は木っ端微塵《みじん》になったのだ。

「その魔法……」

彼に不思議な顔をされても、セナだって困る。

これとあと一つの魔法しか使えない。

「ええと、他には、どんな魔法ができるんだ？」

セナが落ち込んだ顔を見せたせいだろうか、彼は気まずそうに頭をかくと、それでもやはり気軽に尋ねてきた。

「あと一つだけ」

もったいぶっても仕方ないので、見せることにした。

もしかすると、キースがセナの魔法のことを詳しく教えてくれるかもしれない。

ベクラール王国では、魔法を使える人の多くが王都へ行ってしまうため、街にも魔法が使える人はおらず、相談できる人が今までいなかった。

「滅びろ」

腰丈程の、群生したシダ植物の藪《やぶ》へと指先を向けると、詠唱する。すると、それらがサラサラと崩れて消えていった。

枯れるのとは少し違う。砂のように崩れ去り、粒子《りゅうし》は風に舞って見えなくなる。

〝滅びろ〟の魔法は、雑草処理にしか使えなかった。

「私の魔法って、変だよね……？」

恐る恐るキースの反応を窺《うかが》う。彼の瞳が大きく見開かれていて、何かに驚いているようだった。

「あんた今の、詠唱略《コール》……属性は……なんだ……？」

「ちょっと、失敗しただけだし！」

やはり魔法を普通に使えるキースからしたら、どこかおかしいのだろう。やらなければよかったと後悔の念がわいてくる。

やっぱり、落ちこぼれの魔女だ。俗称的とはいえその名を返上して、世界中の魔女に謝りたい。

「生活魔法で充分なのに、何をムキになって使ってんだよ」

「それが使えないから、魔法道具《マジクラフト》がいるんでしょう！　使えるならとっくに使ってます」

「ああ、そっか……悪い。そんな奴、いるんだ」

強く否定し過ぎたのか、キースに申し訳なさそうな顔をさせてしまった。

「ねっ、変だよね……私？　魔法を使うキースの目から見て、どう……？」

聞かなくても彼の反応でわかるのだけれど、セナは思い切って尋ねた。すでに見せてしまっているのだから、これ以上恥をかく必要はない。

「いや——それは……」

困ったような表情をすると、キースはついてこいと手招きした。

そのまま採取を続け、川に行き着く。川幅が狭いけれど、流れも緩やかなので、セナも生活に使う分の水をここまで毎日のように汲《く》みに来ていた。

川辺の木陰に、キースが腰掛ける。

「悪い。もう一度だけみせてくれないか？」

「……別にいいけど」

何のためかわからないけれど、キースの言う通りもう一度見せることにした。

「爆ぜろ」

適当な川辺の石に目標を定め、詠唱する。石はバンと弾けて川の中へ消えていった。

続けて、水辺の草に向けて詠唱する。

「滅びろ」

先ほどと同じく、水辺の草は崩れて消えていく。

「どうかな？」

「何度見ても属性も何もかもわからん！」

顎《あご》を手の甲にのせ、考え込んでからやっとキースが答えてくれる。けれど、その言葉にセナは肩を落とした。

「七属性に含まれてはいないように見える」

わからない、で終わるのだと思い肩を落としたけれど、続きがあった。

「王都の書庫に行けば全属性の魔法書があるが、俺の記憶では――」

「見たい！　行けば、誰でも見せてもらえるの？」

彼の言葉に身を乗り出す。前世の呪いでへっぽこな魔法しか使えないとしても、属性とコントロール方法ぐらいは知りたかった。

「手続きを踏めば閲覧は可能だ。けどあんた、魔法書の意味、わかってんのか？」

「属性別に呪文《じゅもん》が書いてある……？」

「はぁ――そこからか……」

それほど間違っていないのではと思っていたのだけれど、キースは盛大なため息をついた。

「あんたの使う魔法は、詠唱方法から間違ってんだよ」

「ええっ⁉」

まさか間違っていると言われるとは思わず、驚きの声を上げる。

「やっぱりか……」

けれどセナの反応にも、キースは納得いったようだ。

彼の座る側に落ちていた枝を拾うと、地面になにやら書いていく。

「魔法は、七属性のドラゴンが従える、数多《あまた》の精霊の力を借りて行使するもの――ということは、知っているな」

「うん。精霊は見たことないけど……」

彼は翼の生えた一般的なドラゴンの姿を描くと、その周りに風、水、火、大地、雷、光、闇と記す。

「キースは見たことある？」

「ない。得意魔法が風と水、二属性程度の俺ではな。見える奴は、だいたいが魔法使いを名乗るだけのとんでもない力を持っている」

二属性使えるだけでもすごい気がするけれど、それ以上の人がいるらしい。

「で、とにかく魔法を使える奴はまず、己の魔法を詳しく知ろうと魔法書で学ぶ」

そこからセナは抜けていた。魔法書を読んだこともなければ、誰かから教わったこともだ。


ない。

「詠唱方法は大きくわけて、この三つ」

今度はキースは地面に逆三角形を描くと、三つの文字を書き込んでいった。

上から順番に魔法書詠唱《リード》、通常詠唱《シング》、詠唱略《コール》というらしい。

そして、彼は一番上を木の棒で示した。

「魔法書をそのまま読み、精霊が耳を傾けざるをえない、完璧《かんぺき》な魔法の詠唱が魔法書詠唱《リード》だ。たとえば……」

キースは対岸の枝から垂れる蔦《つた》に向かって腕を突き出すと、詠唱を始めた。

「魔法書第三章三項二、水の章。水は天から地へ又は山から海へと下へと流れ落ちるもの。されど、時として地より噴き上がり、空をも穿《うが》つ。我はこの神秘を用いて水を放つ者也《なり》」

すると、近くの川の水が持ち上がり、槍状《やり》になっていく。

「水よ、矢となり、槍となり、我が指し示す処を貫け」

続いて、水の槍が目標にしていた蔦を貫く。しかし、実際には貫いたように見えただけで、切れることなく蔦は揺れるだけだった。

「わぁっ！」

それでもセナには充分驚きだった。自分の魔法とは、詠唱がまるで違う。

「その属性が使える奴なら、誰が唱えても威力は弱く、同じだ。水の精霊が呼ばれたから渋々やってます、って感じだな」

魔法書詠唱《リード》は、いわゆる教科書通りということらしい。

「そしてこれが通常詠唱《シング》」

再び蔦に向かって腕を向けると、キースが詠唱し始める。

「槍となった強き水よ、貫け！　激情のままに――」

川の中から先ほどよりも大きな水の槍が音を立てながら出てきて、間髪を容《い》れずに目標を貫いた。蔦が今度は切られ、地面に落ちていく。

「すごいっ！」

威力も速さも魔法書詠唱《リード》とは段違いだ。

「通常詠唱《シング》が一般的な詠唱法だ。言葉は使用者が自由に生み出し、精霊に語り掛けるように唱える」

確かに先ほどの彼の詠唱は、詩みたいだった。

「感情が乗るから、精霊も強い力を貸してくれる」

「じゃあ、私もポエム作れば強くなるの？」

さっきのものが通常詠唱《シング》ならば、恰好《かっこう》いい。

「初心者が調子に乗るな！」

期待のできる答えを想像したけれど、キースに叱られる。

「あんたの場合、元の魔法書詠唱《リード》がわかってからだ。通常詠唱《シング》は使いやすくするためのアレンジみたいなもんだからな」

「そうなんだ……」

〝滅びろ〟と〝爆ぜろ〟の魔法書詠唱《リード》なんてわからない。

そこでセナはハッと気づいた。だったら、そもそも自分の詠唱はなんだろうか。初心者の魔法書詠唱《リード》でもなく、アレンジの通常詠唱《シング》でもない。

「キース――」

疑問を口にしようとすると、わかっているとキースに手で遮られた。

「で――セナが使っているのは、これだ……」

先ほどと同じような蔦を見つけると、彼が短く詠唱する。

「水の矢！」

今度はシーンとしたままで、何も起こらない。

そう思った次の瞬間、水がピシャッとキースの顔にかかった。

「えっ……失敗……？」

「詠唱略《コール》。感情のままに、語りかけ無視で唱える魔法だ。上級者向けでコントロールが難しい」

精霊が適当に呼ぶな、と怒っているようなものだろうか。

確かに自分の魔法詠唱はこれに近かった。

「生活魔法も詠唱略《コール》のような響きだが……」

話しながらキースは「水よ」と詠唱して水の塊を手のひらの上に出してみせる。

「これは当たり前のように流れているものだから、失敗はない」

呼び出した水をひょいっと上に投げると、キースが飲み込む。

生活魔法は、水道の蛇口をひねる感じの簡単なものらしい。なぜ、その簡単なものが自分にはできないのだろうか。

「ってことで、あんたの魔法はたぶん不発なんだ。あれだけの威力があるなら、素養はありそうだけど」

謎魔法はわからないままだった。それでも、何もわからないところからは一歩踏み出せた気がして、嬉《うれ》しかった。

「──初めて分かった気がする。キース、教えてくれてありがとう」

「別に……講義でうるさいくらい聞いてる内容だし」

笑顔で礼を言うと、キースがさっと視線を逸《そ》らす。照れたように見えたのは気のせいだろうか。

そんな表情が緑を見て、水面へ落ちて、生き生きとしたものに変わる。

「おっ、魚もいいな」

パシャと音がした方を見ると、川から魚が飛び跳ねていた。

味噌《みそ》を使った料理の材料に、ということだろう。

「捕まえよう。対岸の岩場に追い込めそうだ。行くぞ」

キースは木陰から立ち上がると、魚の跳ねた方に走り出した。

「あのっ、私――……」

追いかけようとして、セナは足を止めた。そこはあの鳴子が張られていて、そこから先はセナの行動範囲外だ。

「どうした？」

「私はここまでしか行けないから……」

ひきこもりなのだ。昔も今も。

俯《うつむ》きながら、どうやってキースに説明しようかと、困ってしまう。

家の周りしか出歩かない。ひきこもりとして、セナが自分で決めているルールだった。

森の恵みを採るために外へ出て、自給自足ができる範囲、家から数十メートルの距離までしか行かない。

目印として鳴子が張ってある。彼が難なく進んだ小川の手前がその境目だった。

「んっ？」

キースが首を傾げるようにして、辺りを見回した。

きっと、彼にはわからないだろう。出るのが怖いなんて、想像もつかないだろう。引かれる？　呆《あき》れられる？　笑われる？

怖くて、いますぐにでも家に戻ってベッドの中で丸くなってしまいたい。

「この目印、家の前にもあったやつか。あんた、外が怖いのか？」

身構えたセナへ、直球の問いかけがきた。

そう、怖い。

誰かを傷つけるのが怖い、自分が傷つくのが怖い。怖くて何が悪いのか。

「ったく、俺を助けるのに、あんた家の前のところから出ただろう。一回も二回も千回も同じだってのに」

キースはセナを責めず、たいしたことでもないというような口ぶりで言い放った。

一回も二回も千回も同じなわけがないのに、不思議と彼に言われれば、同じかもしれないとぼんやり思う。

けれど、でも……！

確かに彼を助けた時は、囲いの外へ数歩だけ出たけれど、あの時と今では状況が違うのだと思う。

もう事故に遭うとまでは感じなくても、行きたくない。

「セナ、来いよ」

立ち止まったセナの前へ、ふとキースが手を伸ばしてきた。

魔法じゃないのに、まるで魔法の杖《つえ》の一振りみたい……。

あまりの彼のその自然さに、思わず手を出そうとしてしまい、直前で止まる。

(この手を取ったら――)

「きゃっ……」

悩む間もなく、セナの手は彼に摑《つか》まれていた。手のひらに温《ぬく》もりが伝わり、きゅっと握られて、引っ張られる。

あとは編み上げのブーツが川辺の石を蹴《け》り、小川に突き出た岩へと飛び乗って、目印の外側に出ていた。

傷つかないため、ここから出ないと決めたルールが破られる。

するると、ほんの数歩出ただけなのに、景色も何も変わっていないはずのに、世界が一気に広がったような気がした。

「キース、三四、追い込んだよ」

「任せておけ」

靴を脱ぎ、裸足《はだし》で川に入って、二人で魚を追いかけ回す。

二人の揺らした水面は、朝の光を受けてキラキラと輝いていた。

落ちる水滴も、朝露に濡《ぬ》れる草木も、何もかもが眩《まばゆ》く光って見える。

足や腕に触れた川の水は、ひんやりと冷たいけれど、それが気持ちいい。

「よし！　捕まえた！」

彼の手の中で魚が元気に跳ねる。

（どうしよう……）

戸惑ってしまうほど、今日は一日があっという間だった。

魚、果実、山菜などをたっぷり採取して家に戻ると、キースは張り切って調理に取りかかった。

セナも手伝うと、あっという間にテーブルの上に豪華な料理が並んでいく。

夕食のメインはウサギ肉の味噌焼きと、たっぷりの香草と味噌を使った川魚の葉包み焼き。サラダは味噌ドレッシングをたっぷり掛けて、スープは野菜がたくさん入った味噌汁風、山菜の天ぷらには味噌ダレをつけて食べる。

キースはデザートにも味噌を使おうとしたので、必死に止めて、何とか普通の木苺《きいちご》のゼリーで満足してもらった。

「おなかいっぱい！　でも、食べる！」

彼にとって味噌は初めての調味料で、レシピなんて知らないはずなのに、どれも美味《おい》しかった。かなり料理慣れしているのだろう、箸《はし》が止まらない。

すっかり、胃袋を掴まれてしまった気がする。

それにしても、こんな種類が多い食事は久しぶりだった。

一人では食べきれないし、一人ならばこれだけの量を作ること自体も一苦労だ。

二人になるだけで、こんなにも食事が楽しみになるなんて思わなかった。

「無邪気に喜び過ぎだ……」

呆れながらも、調理したキースはまんざらでもないといった様子だ。

「てか、食べ過ぎじゃないか？」

「だって、美味しいから食べないともったいないし。ほんと、今日はキースが来てくれてよかった」

「そうか」

あとどれとどれを食べようか、胃袋と相談している姿を、キースが頬杖を突きながら眺めている。

そして、不意に誘われた。

「あんたさ、俺と旅しないか？」

「……えっ？」

一瞬、何を言われたのかわからなかった。

旅って、出かける旅のこと？

思いもよらない誘いに、セナは驚いた。自分が旅をするなんて、考えたこともない。

「キースは、旅してるの？」

「旅というか見聞を広める……だな。過酷なものじゃない。俺もいるし、危険も少ない」

街にいたのも、旅の道中だったのだろう。

「王都に寄って、魔法書の閲覧にも口利いてやるけど」

「み、見たい！　魔法、失敗しないようになりた――」

魅力的な提案に身を乗り出したところで、セナは現実に返った。

どう考えても、無理だ。今日、鳴子の範囲から出たことすら奇跡に近い。

「あ……でも、私には無理か……今までここから出られないまま、意味もなく同じことをぐるぐる考えていただけだし……」

誤魔化すように苦笑いした。一瞬でも、その気になっていた自分が恥ずかしい。

新しい場所へ出て行ける人は、眩《まぶ》しくて強い人だけで、きっと自分みたいな臆病者《おくびょう》にはできないことだと思う。

「意味はあると思うぞ」

しかし、キースは遠慮なく、あるといった。目からうろこが落ちた気になった。

(私の生活に……意味がある……の？)

そんなことを面と向かって言われたのは、初めてである。

ひきこもりは、狭い世界で同じことを考えているのは、後ろ向きなことで、眩しい人には理解できないおかしいことなのに——。

「セナは何年もそうしてきたんだろ？」

「う、うん」

キースの問いに、おずおずと頷《うなず》く。

「ずっと一つのことを延々と考え、力を溜《た》めるのも、素養が必要なはずだ。少なくとも俺にはできない」

「…………っ」

思いもよらない彼の言葉に驚いて、目頭が熱くなる。

ひきこもっていたことも、胸を張っていいのかもしれない。彼に言われると、そんな気がしてしまう。

「ほ……保留……！　前向きに検討の保留でお願いします！」

不思議だ。何年も立ち止まっていたはずなのに、この人といると前に進みたくなる。

そんな気持ち、前世を含めて、今まで一度もなかった。

「まあ、考えておけばいい」

空いた皿を片付けながら、キースがニッと笑みを浮かべる。セナの保留を責めるでもなければ、今すぐ決断を迫るでもない、その絶妙な距離感が心地よかった。

その日の夜は、森の中を採取してまわったせいか、セナはぐっすり眠った。

「ん……」

翌朝になると、やはりまた大好きな味噌汁の匂いで目覚める。

目を閉じてまどろんでも、食事の支度をしてくれるキースは叩《たた》き起こしたりしない。

（だから、もう少しだけこの心地に甘えていたくて――）

けれど、いきなり家の扉がドンドンドンと叩かれ、セナは飛び起きた。

「ひゃっ、な、なに⁉」

「開けるぞ！」

男の人の低い声がして、扉が乱暴に開かれる。

強面《こわもて》で身体の大きな男の人が、いきなり家の中に入ってきて、ギラリとセナを睨《にら》みつけてきた。

その人は、襟に綺麗《きれい》な蔦《つた》模様の入った特徴的な白い外套《がいとう》を身に着け、肩当てをしている。

顔は怖いけれど、服装が上品で、いかにも騎士という姿だ。

「……来るのが早すぎだ、ガルト」

侵入者を見るなり、キースがため息とともに呟《つぶや》いた。どうやら彼の知り合いでガルトという名前らしい。

「ご無事で……！　もう二度と、護衛を撒《ま》くなどしないでいただきたい、王子！」

ガルトの最後の言葉に、セナは驚かされた。

「はっ？　王子って……えっ、キース？　王子様っ⁉」

キースを改めて見るも、特に反応はない。

「今がどのような時期か、わかっておられますか！」

「……あぁ」

ガルトの言葉に、キースが少しだけ沈んだ声で肯定する。

「ただし、帰るなら今作っている朝食を食べてからだ。食材が無駄になる。それと……」

彼らしい言葉に続いて、いきなりキースがセナを指さす。

「こいつも一緒だ！」

「…………」

（わ……私……保留でお願いしたはずなんですけど――っ！）

心の中で叫ぶだけで結局、セナは朝食後、何も言わず、何も聞かれず、キースたちに連れて行かれることになってしまった。

三章　突然の脱ひきこもり、街へ

セナはいきなり家にやって来た騎士隊一行と、森の中の道を歩いていた。

守られるようにして、彼らの中心にいるのはキースだ。

行商のおじいさんの代わりに現れた彼が、まさか王子様だったなんて、思わなかった。

（王子のくせに、オカンとか……）

まだ、思考が追いつかない。

「おい、あんた。今すげー失礼なこと考えただろ」

「考えてません！」

セナの隣で馬に乗っているキースに、すぐさま心の中を見透かされてしまった。

「だいたい、一緒に行くなんて言ってない。強引だよ、キース――」

戸惑いつつも抗議すると、ガルトにギロリと睨まれる。

ああ、王子様を呼び捨てはよくないということか。

「キース……様……？　少々押しが強いのではありませんか？」

つい昨日までと同じ接し方になっていたのに気づいて、言い直す。

「今さらだ、キースでいい。ガルト、勝手をして悪かったが、セナは危険な者ではないから愛想よくしろ」

キースが命じると、ガルトが威圧的に見下ろしながらセナに名乗る。

「第六王子キース様の護衛……騎士隊長のガルトだ」

「セナ……です。よろしくおねがいします」

（全然、愛想よくなってない！　怖いんですけど）

ガルトから視線を逸《そ》らすと、今度は後ろからひょこっと小柄な男の人が出てきて、顔をのぞき込んできた。

「まあまあ、ガルトさんはいつもこんなだからさ。僕はヨルマ、アティラ騎士隊の第一小隊長だよ。よろしくね」

茶色い髪を顔の横で編み込んでいる人で、とても育ちの良さそうな雰囲気をしている。

人懐っこい表情で微笑んできた。

「で、あっちが……」

「わたくしは、第二小隊長を務めるティベリオと申します」

ヨルマに続いて、眼鏡をした男の人にも名乗られる。

長めの髪を後ろでまとめた二十代後半ぐらいの人で、整った顔をしているけれど、その瞳《ひとみ》は鋭くて、ガルトとはまた違った怖さがあった。

小隊長というよりは軍師っぽい人だ。

二人とも、やはりガルトとおそろいの白色で襟に模様の入った外套を身に着けている。

「お、お世話になります……というか、私が同行してもよかったのでしょうか？」

挨拶《あいさつ》を返すも、とても場違いな感じが否めない。

「邪魔だが、キース様の命令は絶対だ」

尋ねるなり、ガルトにまた睨まれる。なるべく彼の方は見ないようにしよう。

「ガルトさんのことは気にせずに！　それより、セナさんは変わった色の髪をしているね。魔女なの？」

「——違っ……これは、生まれつきで」

フォローしてくれていたはずのヨルマにいきなり指摘をされ、セナは慌てて髪を外套のフードで隠した。

キースは髪の色のこととか聞かなかったから、すっかり忘れていた。

前世の色を濃く持った黒い髪や瞳は、グレシアズ大陸では珍しいらしく、このせいで魔女感が増してしまう。

「わっ!?」

するといきなり、誰かにフードを引っ張られる。

「やましいことないんだろ、堂々としてろ」

振り返ると、犯人はキースだった。また、あの挑戦的な視線でセナを誘っている。

「……うん」

頷くと、フードを掴《つか》んだ手を離す。

引きこもりのことも、髪のことも、キースが認めてくれていると思うと、不思議と怖さはなくなっていた。

キースたちと二時間ほど歩いたところで、セナの家から一番近い街——マネンが前方に見えてくる。

山間《やまあい》にある比較的大きな街で、周囲をぐるりと囲む城壁が見えた。中央には教会の尖塔《せんとう》があり、それを囲むように茶色や青の屋根が並んでいる。

城壁はそれほど広くないので、建物が密集していて、山の上から見ると屋根がほとんど隙間なく並ぶ様は壮観だった。

あと少し歩けば、マネンの街にたどり着くだろう。

「もっと時間があると思ったが、何かあったのか？」

セナの隣にぴったりと並んだままだった馬上のキースが、軍師風のティベリオに話しかけた。

「風のドラゴンの件につきまして、状況が変わりました。キース様におかれましては調査を切り上げて戻るようにと、王からの知らせが……」

「駐屯しているマネンの街では、キースさまが戻られたらすぐに発《た》てるように、すでに副隊長が隊をまとめています」

ティベリオに続いて、ヨルマが付け加える。

マネンの街にはもっと多くの騎士たちが待っているみたいだ。ドラゴンとか、王の知らせとか、国の重要機密っぽい話が聞こえてきて、セナとしてはとても居づらい。

「そうか、じゃあセナは王都での魔法書閲覧が先になるな」

「うっ……もちろん、見たいけれど……」

キースが何も気にせず、セナも話を聞いていたという前提で話題を振ってくる。

想像通り、またも騎士隊長のガルトが睨んでくる。

「今回の旅は内密だ。口外したら命はないと——」

「誰にも言いません！　聞いてもわからないことばっかりだし……」

すぐ否定したけれど、信じてもらえるかは怪しい。

「己が住む国にも疎いとは、呆《あき》れる」

眉間《みけん》に皺《しわ》を寄せたガルトに、低い声で指摘されてしまう。

この人は、ずっとこの調子のようだ。

「ドラゴンぐらいは、わかるけど……」

家から出ない自分に、国の情勢を知れとか無理言わないでほしい。

「そうそれ、すっごく大変なことになるかもしれないんだよ。でもザナル王国のドラゴン崇拝のせいでなかなか近づけなくて、対策が取れないんだ」

「ヨルマ、余計なことを言うな」

（ドラゴン……ザナル王国……ドラゴン崇拝……）

騎士たちから聞いた言葉を心の中で繰り返す。

ここ数年、家のある森から出たことのないセナでも、この世界のことは母から聞いて、少しだけれど知っていた。

セナの住むベクラール王国と、西の隣国のザナル王国の国境には、リュド山と呼ばれる、風のドラゴンの棲家《すみか》がある。

精霊の頂点に君臨するドラゴン王は、短くて百年……長くても三百年で次の若いドラゴンに代替わりをするらしい。

その際、老いたドラゴンは理性を失い、人間を襲うこともあるそうだ。

ドラゴンが暴れることを、ザナル王国では自然の理《ことわり》としてありのままに受け入れるべきだとしているが、ベクラール王国では被害を最小限に抑えようとドラゴンを監視していた。

そうした価値観の違いのせいで、国境を接している二国の関係はあまり友好的ではなく、交流もほとんどない。

「セナ、早く来い」

キースに呼ばれる。考え込んでいたせいで、遅れていたらしい。

「うん……え、と——」

気づけば、街はもう目の前だった。

街に入るための大きな門がはっきりと見える。道の先に続く城壁に入り口が開けられていて、今は昼間なので鉄格子状の大きな門がつり上げられた状態になっていた。

(この街には……あの時から、来ていない……)

ドクンと鼓動が鳴り、子供を助けようとして魔法を使って失敗してしまった、昔のことが頭によぎった。

マネンの街の入り口は、中へ入ろうとしている人の列が出来ていた。

前に母と一緒に来た時も、兵士の検問を受けたことを覚えている。キースたちに続いて列に並んだのだけれど、前に来るとなにやらセナの記憶とは様子が違っていた。

「次の者、前へ！　入ってよし！」

検問の兵の合図に従って、門に一人ずつ入っていく。すると、フォンという装置の作動音と同時に門全体が淡く光る。

大抵の人は緑色だけれど、たまに兵士が確認に入ると水色になっていた。

「これって……魔法装置《マジバイス》!?　いつの間に」

魔法装置《マジバイス》とは、魔法道具《マジクラフト》の巨大版だ。動力は専用の魔法道具《マジクラフト》を使うので、設置さえすれば誰でも動かすことができる。

製造には専用の技師と魔法が必要なので、当然、高価な物だ。一つの街がポンと簡単に買えるものではない。

「今は国中の街に設置を推奨している。罪人を街に入れないようにするには、手っ取り早いからな。あんた、本当に森から出てなかったのか」

見慣れない光景に驚いていると、キースに呆れられてしまった。

前世でたとえると、久しぶりに駅前に出たら景色が変わって別の街に見えた感じだ。

街に導入された魔法装置《マジバイス》を興味深く見ている間に、キースたちの番が来る。

まずはガルトが進み出た。すると門が今までの緑色ではなく、紫色に光る。

「こ、この色⁉　騎士隊の幹部……お、お時間を取らせてしまい、誠に申し訳ありません。どうぞお入りください」

「気にするな。検問に例外は認められないからな」

兵士が恐縮している。わかっていたけれど、すごい人らしい。

「じゃあ、次は僕ね」

「…………」

ガルトに続いて、ヨルマとティベリオも入っていく。

「お二方とも……お疲れ様です」

二人とも先ほどと同じ紫色に光り、兵士が緊張した声を上げる。

そして、次にキースが気にすることなく門を通った。今度は紫色ではなく、黄色に光る。

「この色は王族の……お、おかえりなさいませ！」

並んでいた人たちがざわめく。疑っていたわけではないけれど、キースが王子というのは本当のことらしい。

「次の者！」

一昨日《おととい》までは森の中の家に一人で暮らしていたはずなのに、今はどうしてこんなすごい人たちと自分は一緒にいるのだろう。不思議でならない。

「次のお方……そこの女性の方！」

「すみません！」

呼ばれて自分の番だと気づく。またドクンと鼓動が鳴った。

（きっと私は、嫌われ者だから――）

下手すると、自分はこの街に入ることは許されないかもしれない。

一歩踏み出す。すると、門が緑色に光ったかと思うと点滅して、同時にリリリリッと警告音が鳴り響いた。

「えっ、ええっ!?」

思わず、固まってしまう。キースとは違う様子で、周りもざわつき始めた。

「やはり、女っ、王子に取り入る賊か！」

「あんた。自給自足で食えなくて実は盗《や》ってたのか！」

「どっちも違いますっ！」

前にいたガルトとキースに言われて、反射的に否定する。

「これは……その……」

以前に〝爆《は》ぜろ〟を街中で使って騒ぎになってしまったことを話さなくてはと思うも、焦るあまり言葉が出てこない。すると、兵士が恐る恐るといった様子で声をかけてきた。

「あの……騎士の方々、お話し中にすみません。罪人は赤く光るのですが、彼女は緑色ですので違います」

「そうだったな。だったら、今のはなんだ？」

キースが兵士に尋ねると、もう一人の兵士が羊皮紙をのぞき込みながら答える。おそらく、魔法装置《マジバイス》に関するメモか何かが書かれているのだろう。

「ええっと……これは重要な伝言があるという知らせですね。街の住人が連絡をどうしても取りたい場合に限り、稀《まれ》に許可しているものでして」

「私に連絡？」

思いも寄らないことに首を傾げる。

「酒場のトーシャさんからですね。会いに来て欲しいとのことです」

微《かす》かにだったけれど、その名前に憶《おぼ》えがあった。

助けようとした女の子の母親だ。その時、彼女はすぐ近くで見ていて、セナに怒鳴り声を浴びせていた。

今更、自分に何の用があるというのだろう。

「お連れしますか？」

「わ、私……」

反射的に自分のスカートを握りしめる。

怖かった。何を言われるのか、何て責められるのか。

「……キース!?」

立ちすくんでいると、キースの手がセナの手首を摑《つか》む。

「どの辺りか教えろ。おまえらはついてこなくていい。俺がいく」

「しかし……」

困惑する兵士から酒場の場所を聞き出すと、摑んだ腕をキースが引っ張る。

「ほら、セナ。いくぞ」

抵抗することもできず、連れて行かれた。


酒場に入るなり、セナはトーシャの顔を見ることもできずに頭を下げた。

「八年前は、荷馬車を爆発させて本当に申し訳ありませんでしたっ！」

今さらすぎた。できれば翌日、遅くとも一週間以内には、謝罪に来るべきだ。

前世で謝罪は早いほうがいいと学んだはずなのに、欠片《かけら》もできていない！

「……セナ……セナ、なのかい？」

自分の名前が聞こえてきて、おずおずと顔を上げる。

すると、トーシャが涙ぐみながら立っていた。

「やっと出てきたのかい。まぁ、大きくなって……」

「……？」

どうやら昔の騒ぎのことを怒っている様子ではなかった。どちらかというと、懐かしんでいる感じだ。

「うちの娘、今はいないけど、半年前に無事に嫁に行ったよ。セナがあの時、助けてくれたおかげでね」

セナが十歳になって、母と街に来た時のこと。

荷馬車に轢《ひ》かれそうな女の子を見て、咄嗟《とっさ》にセナは車輪に向かって〝爆ぜろ〟を唱えた。

すると案の定、馬車全体が大破する。

女の子は大泣きするし、人が集まってきて、大騒ぎとなってしまったのだ。

以後、セナは母に言われ、森の中の家でひっそりと暮らすことになった。

「怒って……ないん、ですか……？」

「そんなわけないだろう！」

トーシャがセナの手を包み込むように取ってくれる。

「あの時は誤解したまま、小さなあんたを怒鳴ったりなんかして、すまなかったね」

街の人たちには、悪い魔女だと、ずっと嫌われていると思っていた。怖がられているのだとばかり思っていた。

「やっと言えるよ。うちの娘を助けてくれて、ありがとう」

感謝の言葉を聞くなんて、夢にも思わなかった。

「シビーユが森へ世話を焼きに来るな、なんて意味不明な遺言をしたもんだから、あたしからは待っているしかなくてね」

「お母さんが……？」

なぜ、そんなことを母はトーシャに言ったのだろう。

「そうだ、手紙！　あんたが来たら渡すようにって。ちょいとここで待ってな」

トーシャがバタバタと酒場の奥に行く。すると、今度は別の人が慌ただしく酒場に入ってきた。

「おおいっ、セナ嬢ちゃんが来てるんだって!?」

「アロルドさん！」

今までセナに荷物を届けてくれていた、行商のおじいさんだった。

「おぉ、じいさん。腰は無事か？　荷物は、無事に届けたぞ」

「セナ嬢ちゃんまで連れてくるとは聞いとらんわっ」

アロルドがキースを怒鳴りつける。彼が王子だということを思い出して、ハラハラするもキースは笑っていた。

「セナ……あたしが生きているうちに渡せてよかったよ」

そうこうしていると、トーシャが戻ってきて、年数が経ったと感じさせる羊皮紙を数枚渡してくれた。

手紙に書かれた文字に、そっと触れてみる。母の筆跡だった。


セナ——。

これを読んでいる時、あんたはどうしているだろうね。

困ったり、泣いたりしていないといいけど。

なんでもトーシャに言いな。アロルドさんにも頼るんだよ。

セナ、あんたは一人だと思っているかもしれないけれど、きっと一人じゃない。

ずっと一緒に暮らしたかったんだけど、セナを残して死んでしまって、悪かったね。

それは確かに母の言葉で、声が聞こえてくるようで、涙が溢《あふ》れてきてしまう。

「謝るなんて変だよ……お母さん……私だって……」

続きがあるのに、視界がかすんで見えない。

指で涙を拭《ぬぐ》って、セナは二枚目を読み始めた。


味噌《みそ》と醤油《しょうゆ》のレシピは忘れていないかい？

セナとあたしが造り上げた大事な味だからね。

忘れたら、許さないよ。


読み始めた途端に、泣き顔でくすりと笑ってしまう。

「大丈夫、ちゃんと書き残しているよ、お母さん」

亡くなって数年後に、手紙で娘へ言うことは他に沢山あるだろう。

けれど、それがとても母らしい。

いつも明るくて、優しくて、魔女だと言われてもめげない強さがある人。

さて、これがセナの手に渡ったということは、街へ来たんだね。

あの家を出ることができたんだね。

あんたはよく頑張った。自信を持っていい。


まるで母に頭を撫《な》でられているような気がする。

きっとシビーユは、セナが自分の足で家を出て、街へ行き、トーシャたちと関わることを望んでいたのだろう。

セナはハッとした。トーシャに世話を焼かないようにと遺言した上で、手紙を預けた理由に気づく。

甘やかされて、誰かに引っ張られて家を出ても、きっと意味がない。

以前のセナならば、頑《かたく》なに拒否して、ひきこもりに戻っていただろう。

セナは臆病《おくびょう》で、人とのかかわりを恐れていたから。

時間が必要だったのだと思う、人よりも何倍もの長い時間が……。

それらを母は理解していて、我慢強く見守ってくれていた。

こうして、死んでしまった今でも。

「お母さん、ありがとう」

結局、街まで来られたのは自分で足を踏み出したわけではなかったけれど、キースが背中を押してくれたおかげで、少しは強くなれている気がした。

まだ傷つくのは怖いし、変化も苦手だけれど、少なくとも外に出てよかったと心から思える。

母の言葉はまだ続いていた。

セナにはこの世界は辛《つら》いことが多いかもしれない。

でもね、あんたならきっと大丈夫。あたしの自慢の娘だもの。

親バカだけどね、あんたは素晴らしい力を持っていて、きっと使いこなせるようになる。

そして、母からの手紙の最後はこう綴《つづ》られていた。

世界は、いつだって助けてくれるよ。

さぁ、行きたい場所へ、お行き――セナ。

母が両手を広げ、自分の旅立ちを見送ってくれている気がした。

手紙を胸に抱く。母のこの言葉があれば、きっと大丈夫だ。

何があっても一人ではないと思える。

手紙にぽろぽろと大粒の涙がこぼれ落ちてしまい、慌ててセナは袖《そで》で拭った。

「え……ええと、ありがとうございました」

トーシャだけでなく、アロルド、キースにも向けて感謝の言葉を口にする。

待っていてくれてありがとうとか、ずっと荷物を届けてくれてありがとうとか、きっかけをくれてありがとうとか、色々言わなきゃいけないことがあったけれど、上手《うま》く出てこない。

「あっ！　アロルドさん、代金と引き換えの、内職してた魔法道具《マジッククラフト》、騎士隊の人に一緒に運んでもらって、今外に――」

「後でいい！　忙《せわ》しなく気を遣うでない！」

焦って運び込もうとするも、アロルドに叱られる。

「あの……でも……」

「セナ、せっかく来たんだから裏庭の除草を頼めないかい？　あんたの魔法道具《マジッククラフト》切れてて、放置してたんだ」

「かまいませんけど……」

まごまごしていると、トーシャに突然仕事を頼まれる。彼女に背中を押され、セナは酒場から出ると裏へと回った。

なぜか頼んだトーシャだけでなく、アロルドやキース、騎士隊の面々までぞろぞろとついてくる。

そして、酒場の裏庭を見るなり皆が苦笑いした。

「これはまたすごいな」

キースの呟《つぶや》きに他の人たちも頷《うなず》く。

確かに酒場の裏庭一帯は、雑草がうっそうと茂っていた。

「放っておくとすぐにこうだ。セナ、お願いできるかい？」

「はい！」

トーシャの言葉に頷くと、一歩前に出て雑草へ手のひらを向ける。

キースから学んだ、精霊に語りかけるとか、感情を乗せるとかの手順は、自分にはまだわからない。

けれど、お世話になった人への、お礼になるなら応《こた》えたかった。

「滅びろ――」

雑草がたちまち枯れて、さらさらと消えていく。

「……な、なんですか。この魔法は」

ティベリオが呟く。

後ろにいた他の騎士たちからも驚きの声が聞こえてきた。

振り返ると、街の人であるトーシャとアロルドは、満足そうに頷いている。

「そうじゃ！　水路にも邪魔な石があったぞ！　セナ嬢ちゃん、頼めるかの？」

「もちろんです」

今度はアロルドの依頼で街の水路に移動した。

案内されたのは噴水へ繋《つな》がる水路で、大きな岩が嵌《は》まっていた。そのせいで、勢いが大きく削《そ》がれ、水がちょろちょろとしか出ていない。

「さすがにこれは……僕たちで押しのけようか？」

幾らなんでもセナには難しいと思ったのだろう。ヨルマが手助けを申し出てくれたけれど、アロルドは首を横に振った。

「このくらい騎士さまの手を煩わせなくても、街の者でどうにかするわい。なぁ、セナ嬢ちゃん」

「……やります。皆さん危ないので少し下がっていてください」

街の者、と言ってくれたのが嬉《うれ》しかった。

失敗魔法でも、魔女でも、そんなものは関係ない。

役に立てるのだから、それでいい。

先ほどと同じように岩に向かって手のひらを突き出す。

「爆《は》ぜろ――！」

岩が細かく砕け、弾《はじ》け飛んでいく。

またも見ていた後ろの人たちから「おぉ」という歓声が上がった。

水路も、噴水も、水の勢いが蘇《よみがえ》り、流れ出す。

「えっ？　い、今の……火でも、雷でもなくて……ええっ？」

「キース王子が見つけたのは……何者……？」

ヨルマとティベリオが、驚いているようだ。やはり自分の魔法はどこかおかしいみたいだけれど、もう気にならない。

誰かの役に立てるのならば、不完全でも、失敗でも構わなかった。

数時間後、街の門の前には五十人ほどの騎士らが集結していた。

王都に向けて騎士隊が発《た》とうとしているのを、セナは呆然《ぼうぜん》と見ることとなり。

「私は……」

彼らについていくべきか、ここに残るか、迷っていた。どちらにしろ、今までの生活とは違うものになる。

家に戻れば、街の人たちともっと交流しながら暮らすことができるだろう。

一方で、本当に自分なんかがついて行ってよいのかはわからないけれど、キースたちと王都に行けば自分の魔法についてもっと知れるはずだという気持ちもある。

「よし、出発だ！」

迷っている間に、ガルトの合図の声が聞こえてきてしまう。

すると、キースが隊列から飛び出し、セナの目の前で馬から飛び下りた。

「キース様？」

咎《とが》めるようなガルトの声が空しく響く。

キースは、セナの近くでニッと悪戯《いたずら》っぽく笑う。

「あんたも、行くんだろ？」

「わ、私は――」

下を向いて言葉を濁す。キースの誘いはとても嬉しかった。

けれど、王都に行けば生活が一変してしまう。

「あーあ、週に一回ぐらいで通いの皿洗いが欲しいのよね。二食のまかないつき。一日、三時間から、徐々に慣れる感じで」

すると、見送りに来ていたトーシャが大きな声で呟く。

とても魅力的な条件だ。

「代わりを頼んだのが、キース様だったとは。それはともかく、わしも娘のような弟子が欲しいのぅ」

トーシャに続いて、アロルドのさりげない誘い文句が聞こえてくる。

「じいさん、弟子は屈強な奴にしとけ」

キースがアロルドに笑いかける。後ろ髪を引かれる思いだった。

こんなにも優しい人たちと、自分のことを思ってくれていた人たちと離れたくない。

街の人たちの役にもっと立ちたい。けれど……。

「行くのかい？」

セナの決意に気づいたかのように、トーシャがニヤリとして確認してきた。

ぎりぎりまで迷っていた自分の心の中に浮かんで来たのは、母の手紙に書かれていた最後の言葉だ。

世界は、いつだって助けてくれるよ。

さぁ、行きたい場所へ、お行き――セナ。

街の人たちには感謝してもしきれない。

けれど、自分は自分のことを、魔法のことをもっと知りたい。

そして、もっとたくさんの人の役に立てるようになりたい。

「はい……！」

トーシャの問いに、セナは力強く答えた。

「キースが連れ出してくれたから、今は、一緒に行ってみたいです」

きっと母も許してくれるはずだ。

「まあ、飽きたらいつでも帰ってきなよ。森の家は、あたしがたまに様子を見に行っておくよ」

トーシャはまるで最初からわかっていたかのように、優しく微笑んでくれる。

「キースさま、セナ嬢ちゃんは年頃の娘だからのう……そればっかりは……」

「この俺が、セナに変な気、起こすかっての！　保護者代わりだ」

アロルドとキースの息が合ったやりとりに、思わずくすりとしてしまう。

「王子様が相手だから仕方ないね。あたしだって、旅行ぐらいは連れて行ってやれるのにさー」

トーシャの茶化す言葉で、不意に気づいた。

「あれ？　これって……夏休みに恒例行事だった家族旅行を断って、彼と旅行へ――みたいな状態じゃ……」

「何の話だ？」

前世ではそんな経験、一度もなかったのに、二度目もひきこもっていたら、こんなことになっているなんて不思議だ。

ツボに入ってしまい、笑いが抑えられなくなってしまう。

「何笑ってんだ？　ほら、さっさと来い！」

「あっ、待って……すぐ行くから」

歩き出したセナの胸は、高揚感に包まれていた。

充実を求めたわくわくだけではない、芽生えた好奇心と、新しい欲が湧いたのだ。

つい先日まで、ひきこもりだったのに、どの口が言うのだと思われそうだから、誰かに話したりは到底できないけど……。

このまま歩き出せば、新しい何か大切なものに出会える気がした。

それがキースなのか魔法なのかは、まだわからない。

けれど、大きく動き出した底の知れない胸の中は、今向き合ったばかりなのに、どこか欠けていて、寂しさを求めていた。

十八年かける二回分の、寂しさだけじゃなくて――。

胸の中にある欠けた何かが、前向きに何かを求めて、輝いている気がした。

その空虚さを埋める出会いが、近づいている気がする。

どうやっても、上手《うま》く言えないので、セナは胸の中にしまっておくことにした。

※　※　※

キースは馬上から何度もセナの姿を確認し、それだけでは足りずに馬から下りて並んで歩いた。

マネンの街から完全に離れるまでは、隊の足並みは遅いだろう。

セナはついてきてくれたのに、遠くへ消えてしまう気がしたから、存在を近くで確かめたかった。

彼女は、胸を躍らせて弾むように歩いているわけでもなく、嫌々と同行するわけでもない足取りで、静かに歩いている。

もう、フードを被《かぶ》ることに固執していないのか、赤い外套《がいとう》のフードは取ったままで、黒い髪が足取りに合わせて揺れていた。

こうして並んで太陽の下ではっきりと見ると、セナの珍しい髪は、黒い艶《つや》やかさの中で、ところどころ茶色に光り輝いていて神秘的な色合いをしている。

「よう、気分はどうだ？」

「……なんだか、楽しくはあるよ」

本心からのような口ぶりに、ホッとする。セナを連れ出したのは、キースだ。

森に流れる川を渡った時の、手の柔らかさを思い出す。

『セナ、来いよ』

あの時、放っておいてもよかったはずだ。無理強いするつもりはなかった。

しかし、セナに勇気がないようには見えず、変わりたいと思っているのを感じたから。

何よりもキース自身が、連れ出したかったのだ。

手が重ねられた時には、指先からトクンと温かいものが流れ込んできて感動を覚えた。

まだ、一緒にいたい。だから、連れていく。

実は、気づいたのにセナへ言わなかったことがある。

それを口にしてしまったら、街へ残る可能性が高くなってしまうから……。

けれど、セナを見ていると、キースは正直でありたかった。

「街には、あんたの仕事がわざと残してあったな」

裏庭の雑草だけなら自然な光景だが、水路の岩を残しておくわけがない。不自然である。

セナの母トーシャから、街の人々への遺言には〝セナの居場所を用意して〟と、あったはずだ。

「除草も爆破も、セナが得意なことだろう？」

「……言われてみれば。そう、だったんだ」

キースは、セナをちらりと見た。動揺して戻ると言い出すそぶりはない。

だから、調子に乗って、キースはセナに聞こえないように呟《つぶや》いた。

「それでも、あんたは俺を選んだんだからな」

※　※　※

リシュカルは長い銀の髪を揺らして、山頂に立っていた。

今は、人間の形をしているが、風のドラゴンである。

そのリシュカルの身は歓喜に震えながら、遠くに現れた気配を愛《いと》しみながらただ追っていた。

感覚を研ぎ澄ませて、その場所の大地の香りや、空の色まで知りたくて。

「……ああ、やっと見つけた。感じる……わたしが捜していた者だ」

気配しかわからなかったが、ついに現れたのだ。

先ほどから、リシュカルの焦がれ、求めていた半身が存在している。

恐らく、黒い髪と瞳《ひとみ》をしているだろう。まだ見ぬ姿に、心だけが躍ってしまう。

「ザナルではない、ベクラールのほうにいる」

地形を頭の中で合わせて囁《ささや》くと、実感が湧いた。

胸の奥から幸せな気持ちがこみ上げて、人間への変化も解けてのたうち回りそうである。

しかし、理性的に目の前の問題を片づけなければならない。

リシュカルは深い亀裂《きれつ》となったリュド山の中腹を見ていた。

錯乱した王が体当たりをしているのだ。

山頂から見下ろした先には、風の精霊の頂点に立つドラゴンの王、グリエルムが自らの尾に食らいつく形で暴れている。

山の一部が砕ける音に、心をなくした咆哮《ほうこう》。鱗《うろこ》はボロボロと剝《は》がれ落ちて、ひび割れた大きな翼を広げた風のドラゴンの王グリエルムが、我を忘れて飛んでいた。

——風のドラゴンの王は、まもなくリシュカルへと代替わりをする。

グリエルムが自らの破壊で生命の営みを消してからとなるので、あとどれぐらいかかるかわからない。

リシュカルには、ただ、その時を待つことしかできなかった。

「…………」

そこで、ふと、気づく。

これまでが、できなかったのだと。これからは……。

リシュカルが彼女の気配をまた追うと、錯乱したグリエルムもそちらへ首をもたげた気がした。

現王も気づいて、待っているのかもしれない。優しく導いてくれる存在を。

「そうだね、グリエルム。こんな時だからか」

機会を待って、現れたのだ。最高の頃合いに。

（グリエルム、共に彼女に会いに行こうか？）

ドラゴン同士の念話を使って問いかけても、グリエルムからの返事はない。

代わりに岩が砕けて、リシュカルの頬へと当たる。

「ああ、グリエルム……もうわたしの言葉も届かない……か。風のドラゴン王よ」

リシュカルは老いたドラゴンの王に、尊敬と憐《あわ》れみの念を持って寄り添った。

四章　ベクラール城とドラゴン

マネンの街を出発して数日後、セナたちはベクラール王国の都へとたどり着いた。

「わぁ……」

王都が見えてきてから、セナは驚きっぱなしだった。

途中の丘から見た街並みは、マネンの数倍、いや数十倍という広さだった。

見上げると後ろに倒れてしまいそうな高い城壁に囲まれた中に、何千という大小の建物がびっしりと並んでいる。

しかも場所によって、屋根の先端が痛そうな教会から、長屋が多く煙の上がる職人街、豪華な屋敷が並ぶ貴族街に、色とりどりの商人街と、それぞれ違った見た目をしていた。

隙間なく埋められた街並みは、遠くからだとミニチュアのように思えてしまう。

しかし実際に王都へ着くと、その全景はまったくわからなくなる。

高い城壁はもちろん、大小の建物が道の左右にぴったりくっついて建てられているので、視界を遮られてしまうのだ。

それでも方角が何となくわかるのは、街の入り口から一番奥、南側にそびえ立つ王城の尖塔《せんとう》がどこにいても見えるからだ。

城の前まで行くと、その高さにはさらに驚かされた。

王都の街並みもすごいけれど、本物の荘厳な城もすごい。城全体が視界に入りきらない。

いわゆる西洋風の城で、空を突き刺すような尖塔をいくつも備えている。

壁は白く、屋根は鮮やかな青色で、見惚《みと》れるほどの美しさである。

「キース様と我々はすぐに王のところへ」

城門の前で待っていた皆の下に、ガルトが衛兵と段取りをつけて戻ってきた。

「それで、この者はどう届け出ますか？」

明らかに面倒そうな顔でガルトがセナを見ながら、キースに尋ねる。

「こんなお城にタダでお世話になるわけには……皿洗いでは足りませんよね……？」

「王家の使用人は優秀な者ばかりだ。なりたくても、なれない職だ」

「う……」

さすがに、ここには場違いなことはセナにもわかっていた。

やっぱり、ついてくるべきではなかったのかもしれないと落ち込みたくなる。その様子にひょこっとヨルマが顔を出して口を開いた。

「まあまあ、キースさまの花嫁や側室候補なら厚遇されるんじゃないのかな？」

「確かに、候補の貴族の令嬢すら近づけませんでしたから。庶民なのはさておき、王も安心されるかと思いますが」

てっきり助け船を出してくれると思っていたのに、ヨルマがとんでもないことを言い出して、しかもティベリオにも賛成されてしまう。

「め、めっそうもないです！」

顔を横に振って、慌てて否定した。

城に入るためにそんな理由をつけるなんて、キースに申し訳ない。

「安心しろ。セナについては、ちゃんと考えてある」

困っていると、キースが自信ありげにニッと笑いかけてくる。

「俺が見つけてきた専属の知者《ちしゃ》だ」

「ああ！　今、城ではドラゴン対策で、優秀で博識な者を積極的に集めてますしね。余計な詮索《せんさく》もされず、名案かと」

キースの提案に、ヨルマも納得しているようだった。

知者というのは、彼らの会話から察するに助言をする人のようだ。

自分が彼らを何か手助けできるとはとても思えない。ドラゴンについても、普通の人が知っていることしかわからない。

そもそも優秀も、博識もセナには当てはまらないだろう。

「いくら何でも嘘をつきすぎじゃ……」

「そうでもない」

思わずもらしたセナの言葉を、キースが予想外にきっぱりと否定した。

「俺は、あんたから得られることがあると思っている」

茶化されているのかと思ったけれど、キースの顔を見ると本気のようだ。自分から、何を得ることがあるというのだろう。セナ自身もわからないというのに。

「わたくしも多少の興味はございます」

意外なことに、ティベリオも賛同してきた。自分にはわからない何かを、彼らはセナから感じてくれているのかもしれない。

「……じゃあ、お願いします」

皆、王に呼ばれているみたいだし、これ以上時間を取らせるのも悪い気がして、セナはキースの連れてきた知者という役を引き受けることにする。

(とりあえず、だけれど……)

「途中まで一緒に行くぞ。その後のことは使用人がすべてやってくれるだろう」

た。


緊張しながら城に入っていく。

中庭まで行くと、担当してくれるという使用人を紹介され、そこでキースたちとは別れ
「わ、わかりました」

紹介された使用人は、若いけれどベテランっぽい品の良い綺麗《きれい》な女性だった。

「セナ様のお部屋はこちらです」

「ど、どうも……」

微笑みながら、用意された部屋へと案内される。

高い天井に、大きな窓とバルコニー、部屋には巨大なベッドとソファ、テーブルなどの他に、高価そうな調度品が壁や棚に飾られている。

大理石張りの床の上にはふわふわの絨毯《じゅうたん》が敷かれていて、ベッドは当然のように天蓋《てんがい》つきだ。そして、家具に対して部屋が大きく、広さに余裕があった。

明らかに自分には不釣り合いだったけれど、王の住む城なのでどの部屋もこんな感じなのかもしれない。

一番ランクの低い部屋に替えてください、とは言おうかと思ったけれどやめておいた方

がよさそうだ。

魔法書を見たくてついてきたのだから、知らない場所でもなるべく迷惑をかけないようにしなくてはいけない。

「長旅でお疲れでしょう」

使用人の女性もさすがプロという感じで、一般人であるセナに嫌な顔一つせずに、接してくれた。

いっそのこと、部屋に連れてきたらあとは知らないって感じでも、セナとしてはよかったのだけれど、知らないことばかりなので助かる。

「お着替えは調節できるドレスをご用意しました。まずは湯浴《ゆあ》みなさってください」

「えっ？　そんな贅沢《ぜいたく》は……」

やんわり断ろうとしたのだけれど、使用人の女性にじーっと微笑まれる。

「お召し物を、洗濯しておきますので」

「……はい」

プロは押しも強かった。

手伝われるままに服を脱がされる。他人に支度をされるのは、変な感覚だ。

キースを頼ってばかりもいられない、自分から外に出たのだから腹をくくるしかないと自分に言い聞かせ、セナは湯が張られたバスタブに足を踏み入れた。

※　※　※

セナが小綺麗にされている頃、キースはベクラール城の謁見の間で跪《ひざまず》いていた。後ろには騎士隊の幹部であるガルト、ヨルマ、ティベリオの姿もある。

国内外から王への拝謁を求める者が絶え間なく訪れるこの部屋は、ベクラール城で最も国の威信をかけた内装をしていると言っても過言ではない。

謁見の間は舞踏会も開けるほど広く、天井は五階部分にまで達している。床には大きな一枚の赤い絨毯が敷かれ、壁には金の燭台《しょくだい》がずらりと付けられていた。

窓と交互に縦長の鏡があり、夜でも明かりを反射させ、昼のように謁見の間全体を明るくすることができる。

そして、中央奥、階段を上った先、一際大きなベクラール王家の紋章が描かれた巨大なタペストリーの前に、王座がある。

神々しい山々がそびえ立つかのような白と黒の背もたれから、座る部分が突きだしていた。一見それらはシンプルに見えるけれど、光を乱反射している。王座に無数の宝石が埋め込まれているからだ。

見る者はその輝きに圧倒され、窓から差す光との関係もあって、王の顔色をうかがうことはできない。

王座の左右には国を動かす重鎮たちが控えている。

「ただいま、戻りました」

キースの声が広い謁見の間に響き、反響していく。

「風のドラゴンを倒す策は見つけられなかったようだな」

しばらくの沈黙の後、ベクラール王ヴァルダスが抑揚のない、ゆっくりとした声を発し、場がさらに張り詰めた。

「申し訳ありません」

キースは言い訳しなかった。自分に求められるのは結果でしかない。

「こんなことも成しえないようであれば、キース様は王族の恥ですな」

「他の由緒正しい高貴な王子は、皆優秀でございますのに、六番目の庶民育ちには荷が重すぎたようですね」

本人が認めたことで、すぐに左右に並ぶ重鎮たちからキースへの批判が始まる。

王には多数の子がおり、常に互いが競い合わされていた。それは次期国王の座を狙ってのものであり、重鎮たちは大抵王子の誰かしらの後ろ盾になっている。

キースは出生もあり、それほど強い立場ではないので、他の王子を推す重鎮たちにとっては、蹴落《けお》としたい相手でしかなかった。

「キースさまにだけ無理難題吹っかけて、高みの見物じゃないか」

「気持ちはわかりますが、黙りなさい、ヨルマ」

理不尽な批判に我慢しきれず小声で毒づくヨルマを、ティベリオが止める。キースたちから王座まではかなり遠いので、顔を上げずに小声で話している分には気づかれない。

「もうよい。風のドラゴンは錯乱してしまった」

「なっ！」

王の言葉に、キースも動揺を隠せなかった。後ろにいるガルトたちも同様のようだ。

「では、すでに代替わりが……」

「始まっておる。グリエルムによって、すでに砦《とりで》が三、村が二、壊された。いずれここへも来るだろう」

風の王の名をグリエルムという。元はリュド山から一歩も出ない穏健なドラゴンで、人を襲うようなことはまずなかったのだが……やはり代替わりが始まって変わってしまったらしい。

ドラゴンは強大な力を持つゆえに、一度代替わりが起こると手がつけられない。過去には国が滅んだことさえあると伝わっている。

「奴が死ぬまで、長くて十年……防衛をせねばならん」

「今回の責から、キース王子とアティラ騎士隊が討伐に向かうのがよろしいかと！」

王の言葉に間髪を容《い》れず、重鎮の一人から声が上がった。

計っていたかのようなタイミングだ。

「お言葉ですが、第二王子や第三王子の領地のほうが、ドラゴンの棲《す》むリュド山近くでありましょう！」

ガルトが重鎮に対して反論する。

キースは無駄だと思い、彼に続いて声を上げなかった。これはおそらく自分たちのいない場で、王と重鎮の間で決定事項になっている。

王族の中で死んでも問題ない者と判断されたのだろう。国での自分の弱い立場を考えれば、仕方のないことだ。

「黙れ、ガルト。他の王子は後方支援の準備をさせている。ただ行けと言っているわけではない。今、城へ呼んだ者に策を練らせている」

「策……ね」

ガルトを叱責《しっせき》する重臣の言葉に、キースは誰にも聞こえないように呟《つぶや》いた。

重鎮たちの息のかかった知者などあてになるわけがない。もし本当に錯乱したドラゴンを鎮める方法があるならば、推している王子に任せるはずだ。

それでも、キースはその無意味な策を手にドラゴンと対峙《たいじ》しなくてはならない。王の命令は絶対だからだ。たとえ、重鎮たちの思惑が裏にあるとしても関係ない。

「わかりました。討伐の支度をしつつ策を考えましょう。二週間の猶予をいただきたい」

返答するなり、後ろに控えていたガルトたちが息を呑《の》む。

「キース様に、死にに行けと――」

ガルトが再び反論しようとしたのを、キースは右手を広げて制した。

ここで言い争っても解決することではない。

学び、戦い、自分のなすべきことをするだけだ。

一瞬だけ頭をよぎった森の暮らしを、無理やり頭から追い出す。

(戻れる場所は、もう、ない)

謁見は終わりとばかりに王が退出していく間、キースぐっと歯を食いしばり、自らの境遇に耐え続けた。

すぐに知者たちが全員集められ、錯乱したドラゴンの対処方法が話し合われる。会議が解散したのは、夜が更けてからだ。

派遣される者の代表として、ガルトと共に出席していたキースが話し合いを行った部屋から出ると、廊下でヨルマとティベリオが待っていた。

「キースさま、お疲れ様です。何か良い案など出ましたか?」

ヨルマの言葉に、キースは肩をすくめ、首を横に振る。

「時間の無駄だった」

「でしょうね……」

言葉とは裏腹に、ティベリオは多少は集まっていた知者に期待したところがあったのか、肩を落としたように見える。

策などないとわかっていても、今は他にすがるところがないからだろう。

疲れを感じ、ため息と共に廊下の窓から夜空を見上げる。

(あいつはもう眠っているか……城で上手《うま》くやれただろうか)

もっと早く解放されれば、顔ぐらいは見に行ったのだが会いに行くには遅すぎる。

今心配すべきは我が身なのに、不意に彼女のことが気になってしまう。色々と世話を焼いてやりたくなる。それがなぜかはわからない。

「そうそう、侍女から聞いたのですが、セナさん、帰っちゃったりしてないそうですよ。よかったですね」

突然、ヨルマがニコニコしながらセナのことを話題にしてくる。

「余計な気を回すな。で、他には？」

「聞くんですか……えーと、あんまり、夕食を口にしなかったみたいですね」

「へぇ」

ずっと人と接することなく、森の中の家で一人暮らしていた彼女が、いきなり人の多い城に来れば、食欲もなくなるだろう。

（……アレでも作ってみるか）

キースは、騎士たちに休むように指示すると、自らの部屋へではなく、城の調理場へと向かう。

絶望的な状況だったはずなのに、なぜか心は軽くなっていた。

※　※　※

城に来てから二日目の昼、セナは城の書庫にいた。

昨日は疲れて眠ってしまったけれど、今朝からは本来の目的だった魔法書の閲覧のために動くことにする。

使用人に用件を伝えると、おそらくキースが根回ししておいてくれたのだろう。すぐに許可が出て、この書庫へと案内された。

そこは城に幾つもある尖塔《せんとう》の一つで、内部は鳥籠《とりかご》のような形をしている。

天井まで三階ほどはあろうかという高さで、天使を題材にした天井画の中央から、巨大なシャンデリアが吊《つる》されていた。

一階と二階部分の壁は扉以外すべて本棚になっているけれど、その上の三階部分がガラス張りなので、部屋全体に日差しが降り注ぎ、明るく暖かい。

「……うーん。これも違う」

中央に置かれた大きなテーブルへ、それらしき魔法書を数冊ずつ運んで確認していく。

そうしてほぼ半日読み続けたのだけれど、未《いま》だに自分の魔法について書かれた魔法書を見つけることができなかった。

今の魔法の唱え方の詠唱略《コール》から初歩に戻って、元の呪文《じゅもん》の魔法書詠唱《リード》を学び、いずれはポエムな通常詠唱《シング》も習得したいのに、まだ手がかりすら見つからない状態だった。

「火の魔法でもないし……闇の魔法でもない……一体何属性なの？」

机に突っ伏し、弱音を吐く。

一番近いだろう二属性の魔法書を何冊も読んだけれど、〝爆《は》ぜろ〟と〝滅びろ〟に似た魔法はどこにも書かれていなかった。

けれど、こうして考え込んでいても仕方ない。

せっかくキースのおかげで王城の書庫に入れたのだから、今できることはここにある関係ありそうな本を片っ端からめくっていくことだろう。

テーブルに置いた本を片付けて、他の物をと席を立ち上がろうとした。

「うぅ……」

反射的にお腹へ手を置く。

着たことなど一度もないコルセットが締めつけてきて、苦しい。元着ていた服は洗濯から返ってこないので、用意されていたドレスをセナは身につけていた。

柔らかくて、肌触りの良い絹の襟が詰まったドレスで、袖《そで》も裾《すそ》も大きく広がっている。真っ白な生地の正面部分だけ薄紅色に染められていて、その境目には桃色と金の豪華な刺繍《ししゅう》が入っていた。

ウエストを幅広のリボンで絞り、腰の後ろで大きく飾り結びされている仰々しいドレスだった。

元の服と比べると、とても動きにくいけど、文句を言うわけにはいかない。

「……それにしても。せっかく七属性順になっているのに」

先ほど読んだ本を戻し終えると、セナは広い書庫を見渡した。

「せめて、爆ぜろでも滅びろでも、属性がわかれば……」

水属性のコーナーから、適当に一冊を手に取ってパラパラとめくる。

「あ、この魔法」

書かれていたのは、キースが見せてくれた水の槍《やり》の魔法だった。

文字をなぞりながら、口に出してみる。

「魔法書第三章三項二、水の章。水は天から地へ又は山から海へと——なんて、ふふっ」

水の魔法を使えるわけがないのに、彼のマネをして詠唱してみる。

そして、本に顔を隠した。

「顔くらい……みせてくれても……」

心が弱っているせいか、思わずぽろりと口走ってしまう。

（わぁぁ、違う違う。甘えすぎ！）

セナは頭をぶんぶんと振って、先ほどの言葉を否定した。

キースはこの国の王子で、本来、自分などにかまけている暇はないのだ。

自分が彼と出会ったのは、偶然が重なっただけのことでしかない。

これ以上迷惑をかけるわけにはいかないし、何もせずにこんな贅沢《ぜいたく》な暮らしを続けるのは申しわけないので、自分の魔法に関する魔法書を見つけたら、お礼を言って城から出るべきだろう。

「……えっ？」

すると突然、ガタガタと窓が強風で揺れる音がして、セナは窓を見上げた。

「キース！」

三階部分の窓の外には、おそらく魔法で上がったのだろうキースがバルコニーに腰掛け、こちらを見ていた。

そして、なにやら口をゆっくりと動かす。

（みつ……かった……か？）

おそらく、そう尋ねているのだろう。セナは正直に首を横に振った。

すると、彼は窓を一度叩《たた》き、外へ出ろと言うように庭側を指さす。

「外……？」

書庫には入ってきたのとは反対側にも扉があり、どうやらそこは中庭へと繋《つな》がっているようだ。キースの姿がもう窓の外にないのを確認すると、急いで本を棚に戻し、彼のところへ駆けていく。

彼を見たら何だか嬉《うれ》しくて、驚くぐらい元気になっている自分がいた。

書庫から中庭に出ると、キースが道の先にある東屋《ガゼボ》の前にいて、こっちへ来いとセナに手招きしている。

そこは西洋庭園にあるような白い石作りの柱と屋根だけがある円柱状の建物だ。中にはテーブルと椅子が置かれ、庭を眺めながら休憩できる場所となっていた。

足を踏み入れてセナは目を見開く。

「えっ、パーティ？」

テーブルの上には、いわゆるアフタヌーンティが用意されていた。

三段のスタンドには、それぞれスコーン、一口タルトとケーキ、チョコレートが置かれている。それだけでも充分なのに、テーブルにはサンドウィッチ、アップルパイ、盛られた焼き菓子までずらりと並べられていた。

「ただの息抜きだ」

豪華な軽食にセナが驚きの声を上げると、すかさずキースからおかしなところがあるかという視線が返ってきた。

（しまったキース、王子様だった）

今更ながら、王宮に戻ったことで彼は騎士から王族らしい服装に着替えていたことに気づいた。

銀色で縦に線の入った品良くお洒落《しゃれ》な白いシャツ、その上から襟元に綺麗《きれい》な模様の入ったベストを身につけている。

育ちの違いにたじろぐも、慣れた手つきで自ら紅茶をカップに注いでいる彼の姿は、やはり世話焼きなオカンにしか見えない。

息抜きというのも、セナとキースどちらのものか怪しい。

「そのドレス、似合ってるな」

「えっ……あ、ありがと……これ、着せてもらって……」

どこへ座ろうかと思っていると、不意にキースに褒められる。

「けど、色が気に入らないな。あんたの顔ならもっと濃い色とか、デザインも、もっとはっきりしているほうが合う」

(感想が、新しい服を見せた時のオカンだ!)

焦る必要なんてなかったみたいだ。

「そこ座れよ、作法とかないからさ」

「うん……でもどうしたの？　嬉しいけど、こんなに」

セナが腰掛けると、キースも向かいの席に座るとばかり思っていたのだけれど、彼はふっと洋菓子の皿へと手を伸ばした。

まだ自ら給仕するものがあるのだろうか。

「あんたが、食欲ないみたいだから」

「えっ？　どうして知って……それは、服が——んっ」

言い訳をしようとすると、口に何かおしつけられる。その動作があまり自然過ぎて、ついパクッと口に含んでしまう。

「あんた、環境変わって食べ物まで慣れないままだと弱るだろう」

（そんな珍獣保護の精神……んっ？　甘じょっぱくておいしい）

キースの保護者っぷりにつっこもうとするも、口の中で広がった味に懐かしさを感じる。

「これ……醤油《しょうゆ》クッキー？　おいしい」

「ストックをもらったやつだ。俺が焼いてみた」

味噌《みそ》と醤油が認められてつい嬉しくなり、遠慮がちなキースにぜひ広めてと押しつけたのを思い出す。

（やばいコレ、王子様だったから前世のインターネットばりに国中へ広まるやつだ）

セナの反応に満足したのか、キースも席につくとクッキーを頬張る。

「それより魔法書探し、手伝えなくて、悪いな」

「そんなこと！　充分よくしてもらってるから……今だってクッキー焼いてくれたし」

謝るキースに手を振って、否定する。

「えーと、だから……キースこそ、大丈夫？　お城の中、侍女の人に聞いても教えてくれないけど、ぴりぴりしてるし？」

前世のお母さんも、嫌なことがあると休日に黙々とクッキーを焼いていたのを思い出す。

何となく彼が落ち込んでいるような気がしてならなかった。

城に戻ってすぐ王様に呼ばれていたようだったから、何か言われたのだろうか。もしくは前に聞いたドラゴンに関して、良くないことが起きているのかもしれない。

「あんたの世話ができれば問題ない程度には元気だ。勝手に帰るなよ」

用が済んだら城を出ようと思っていたのは、完全に読まれていた。

それでもキースはどこか、先ほどより表情が明るくなった気がする。

知者として彼に教えられることはないけれど、元気づけることができるなら、もし、自分がいることで気が紛れるなら、堂々と城に滞在しても良いのかもしれない。

（まずは私らしく、すべきことを、しよう）

心に決めると、ゆっくりとキースとの一時を過ごした。

それから、セナは城の書庫に通い続けた。

戻ってきた動きやすい元の服に着替え、食事もなるべく摂《と》って、自分の魔法についての文献を探す。

キースが会いに来てくれてから、落ち込むこともなく、迷いがなくなって黙々と魔法書を探すことに没頭できた。

「見つかりましたか？」

三日ほど経った頃、その日も同じように朝から書庫に籠《こ》もっていると、ティベリオが訪ねてきてくれた。

相変わらず眼鏡の奥の目つきは鋭く、観察するようにセナのことを見ている。

「ええと……まだ、です」

数日が経つのに、成果といえるものは何一つなかった。〝爆《は》ぜろ〟と〝滅びろ〟に似た魔法を見つけるどころか、属性の見当すらついていない。

「そんなことだろうと思って、お手伝いに参りました」

「協力してくださるのですか!?」

「キース様が暇なら行けと言われましたので」

魔法を使える人に手伝ってもらうのは、願ってもないことだった。セナは魔法の基礎的なことも知らないので、一人だと手探りになってしまう。

「あの……ティベリオさんは魔法使いと呼ばれる方なのですよね？」

「そうですね。生活魔法以上の威力である高位の魔法が二属性以上使えることを指すのであれば、わたくしは魔法使いです。まだまだですが」

思い切って尋ねると、謙遜《けんそん》しながらもティベリオはあっさり認めた。魔法使いは国に数えるほどしかいないので、彼はそのうちの貴重な一人ということになる。

「ちなみに、魔法書詠唱《リード》は、この書庫にあるすべての文章を記憶しています。自分の得意、不得意な属性に限らず」

「ええっ！」

魔法使いとは、それほど記憶力がいいのだろうか。セナでは一属性の魔法をすべて覚えるだけでも難しい。

驚くセナを、ティベリオがなぜか意味深に見つめてくる。

「ですから、わたくしは貴女《あなた》の魔法の方が興味深い。知る限り、爆ぜろや滅びろといった、あのような魔法はないのです」

「……それ、もっと早く言って欲しかったです」

生き字引でも知らないのならば、書庫の本を全部読んでも意味がないということだ。

数日間の頑張りは、どうやら無駄な努力だったらしい。

「ただ、貴女の希望が通常詠唱《シング》を唱えたいだけならば、別のアプローチが可能かもしれません」

「別のアプローチ？」

セナは思わず身を乗り出した。こうなったら、自分の魔法についてどんな手がかりでも欲しい。

「魔法書詠唱《リードシング》から通常詠唱《シング》ではなく、詠唱略《コール》から通常詠唱《シング》を考えるのはいかがでしょうか？」

「そんなことができるのですか!?」

教科書ともいえる基本の魔法書詠唱《リード》を飛ばして通常詠唱《シング》ができるとは考えもしなかった。

「貴女は魔法書詠唱《リード》を知らずに、詠唱略《コール》を使えている。ならば、同じように通常詠唱《シング》も使えると考えるのが妥当でしょう」

「あれは失敗魔法では……」

「本来の威力はわかりませんが、事象が生じている以上、詠唱自体は成立していると言えます」

生き字引であり、希少な魔法使いであるティベリオの言葉は説得力があった。

「それならえーっと……爆ぜろ、だから……うーん」

羊皮紙を取り出すと、思いついたことをメモしながら、さっそく〝爆ぜろ〟の通常詠唱《シング》を考えてみる。

「風を集めたまえ～、いや……どかんと一発？　微妙。だったら、火の精霊手伝ってーって……ははは……」

ここに来て自分が凡才だということを痛感してしまった。

（なんてこった……ポエムの才能がないと、生き辛《づら》い世界だ）

「いるか？」

落ち込んでいると、扉の外から誰かが声を掛けてくる。

「おっと、世話焼きが来ましたね」

「誰がだ……ティベリオ、きちんとセナに助言したんだろうな」

姿を見せたのは、キースだった。心配して様子を見に来てくれたのだろう。

「どうだ？　何かヒントぐらいは見つかったか？」

「詠唱略《コール》から通常詠唱《シング》を考えてみることにしたのだけれど……」

キースがセナの書いたメモをのぞき込む。

「どれ？　あー……ほお……まあ……ふむ」

「センスがなくて、ごめん……」

ヒントは掴《つか》んだけれど、実力が伴っていないのはメモから明らかだった。

「詠唱なんて、想ったことを言葉にするだけだろう？」

「うっ……」

それはできる人の言葉だ。

世の中には、想いをパッと口にすることができない人もいる。

（口にした一言で、取り返しがつかないことだって、あるのだから）

前世での辛い過去が、どうしても頭に浮かんでしまう。

「〝集めたまえ〟は悪くない。けど、何属性かわからないからな……他に言葉にしたいことはないか？」

こんなダメダメなのに、キースはメモから良い点を探して教えてくれる。

普通ならば、無理だと諦《あきら》めてしまうところだろう。

いつも彼は親身になって、セナのことを考えてくれる。

「……私を見つけてくれて、ありがとう……？」

「ばっ……俺に言わなくていい、通常詠唱《シング》なんだから、精霊に言えっ！」

つい口にすると、キースが照れた顔を見せた。

やっぱり、彼がいると落ち着く。自分を自分として認めることができる。

さすが家から連れ出してくれた人だ。

「……んっ？」

その時、急にキースの顔が真剣になる。

どうしたのか尋ねようとすると、突如、書庫の窓がガタガタと震えた。

それは前にキースがセナへ見せたものとはまるで違う、荒々しいもので、続けてドォンと何かが城にぶつかる大きな音が響いて、地面が激しく揺れた。

「まさか……」

「しかし、早すぎます！」

キースとティベリオが書庫から中庭へと飛び出していく。セナもそれを追う。

「ガァァァッ！」

そこには——見たこともない巨大な生物がいた。

「風のドラゴン……もうここに……」

六本の角を持ち、大きな翼を広げたそれは、大きな爪で城壁に摑まっていた。

トカゲのような顔をしているけれど、身体は大きな鳥のようだ。

全身が、朽ちかけた灰色の長い羽根に覆われていて、赤く鋭い目で庭を見下ろしている。

「こ……これがドラゴン……？」

騒ぎを聞きつけた兵士や、偶然、城の中庭にいた人達が慌てふためき、辺りは大混乱に陥っている中、セナはその姿をじっと見つめていた。

その巨軀《きょく》も見たことない姿も恐ろしいはずなのに、落ち着いていられる。

初めて見たのに、その存在を深く知っていたかのようで……。

「セナ……来い！」

恐怖で動けなくなったと思ったのか、キースがセナの腕を摑んで引っ張った。

書庫の入り口へと、二人で走る。

「お、おい、あれ！　もう一頭いるぞ！」

後ろから兵士の声が聞こえるけれど、振り返ることはできない。

「……っ！」

朽ちかけた灰色をしたドラゴンが城から逃げる人々を追い、セナたちの上空を駆け抜けると、そのまま城門へと突っ込んだ。

ドカンという爆音と振動と共に、巨大な門はいとも容易《たやす》く崩れ去った。

「ティベリオっ！」

セナの手を引くキースが叫ぶ。城門が崩れて飛んできた破片を、ティベリオが魔法の障壁を張って防いだ。

「謁見の間から下は多重結界だ。セナはそこに隠れていろ」

書庫ではなく、城の中央の扉に向かって走る。建物の中にいると、ドラゴンに崩されて危ないと考えてのことだろう。

「みんなピリピリしてたのは、ドラゴンのせいなの？」

「そう、代替わりが始まっているんだ。あんたの知らないうちに片づけるつもりだったんだけどな！」

確かこうなったドラゴンは、力尽きるまで止まらないはずだ。

「お二人とも、早く！」

先を走るティベリオが城への入り口に到着し、扉を開けて二人を迎え入れようとした時だった。

「きゃっ……」

強い突風が吹いて、二人とも地面に倒れ込む。

そして、目の前に何かが降り立った。

「ドラ……ゴン……」

先ほどの暴れていた個体と姿形は似ているけれど、白くて綺麗《きれい》な身体をしたドラゴンが、二人の行き先を遮るように座り、こちらを見ている。

セナの全身がドクリと脈打った気がした。

目が離せない。

(怖いけれど……綺麗……)

これがドラゴンなのだろうか。ずっと前から、知っている気がする。

そして、今……こうして目の前にすると——。

(……懐か……しい?)

急速に胸の中に欠けていたものが埋まる感覚。心が懐かしいと叫んでいた。

怖くなんかない。むしろ手を伸ばしたくなる。

不思議な感覚は……どうして?

すると、目の前のドラゴンが再び突風に包まれたかと思うと、人の形をした何かがそこに立っていた。

身に着けている、袖《そで》のない長いローブのような服が風に靡《なび》く。

髪は長く、銀色で、肌の所々に鱗《うろこ》のような模様があった。

獣のような鋭い爪を持ち、瞳《ひとみ》は本物の宝石のように美しい赤色を湛《たた》えて輝いている。

「ひ、人に……なった？」

直観がさっきの綺麗なドラゴンだと告げている。

「怯《おび》えないでください」

しかもその人になったドラゴンは、セナたちに向かって風音のように響くはっきりとした声で語りかけてきた。

キースが、セナをかばうように背中に隠す。

「誰だ、おまえ！」

「やっと貴女《あなた》にお目にかかることができました」

ドラゴンはキースの問いには答えず、セナだけ見ていた。

「知り合いか？」

「違う……けど」

見覚えなんてないし、ドラゴンに知り合いなんていない。

（でも、なんだろう、この感じ……目が離せない――）

知らないのに、安心する。

「わたしの名はリシュカル。お迎えに参りました、我が伴侶《はんりょ》となる導きの詠み手《コーラー》よ」

人になったドラゴンは嬉《うれ》しそうに目を細めると、両手を広げてみせた。

「人違いじゃありませんか？」

（伴侶？　詠み手《コーラー》？　何がなんだか……）

いきなりの言葉に戸惑う。

もしかすると先ほどの懐かしい感覚が、何か関係しているのだろうか。

「間違いありません。年老いたドラゴンに安らぎを与えることができる、導きの滅び魔法を使えるのは貴女だけです。さあ――」

リシュカルが不意に腕を振る。

すると、風が刃《やいば》となってキースを襲い、吹き飛ばした。

「キース！」

地面に叩《たた》きつけられた彼を心配して駆けよろうとするも、今度はセナの身体がふわっと優しく浮く。

「わっ……嘘っ！」

風に運ばれ、セナはリシュカルの腕の中に収まってしまう。そして、彼はドラゴンの姿に戻ると大きな翼を羽ばたかせ、空を舞った。

尻尾《しっぽ》が身体に巻き付いていて、セナはどうすることもできない。

「離せ！」

ハッとして立ち上がったキースが叫ぶ。

「野獣の爪となった風よ、切り裂け！　怒りの――」

「キース様！　セナ様に当たってしまいます」

「くっ……」

ドラゴンの逃亡を阻止しようとキースは風の魔法の詠唱をするも、ティベリオの忠告で中断する。

セナを捕まえたリシュカルは、すぐに武器も魔法も届かないところまで飛び上がった。

そして、今度は一点、城めがけて急降下し始める。

「きゃぁぁぁ」

風が頬を引き裂くように肌を擦《こす》っていく。

（やめて……これ以上……）

また城の人を襲うのかと思ったけれど、リシュカルが向かったのは人ではなかった。暴れているもう一頭のドラゴンへ狙いを定め、その首へ容赦なく爪を立てる。

「ガァァァァッ！」

凄《すさ》まじい力で暴れていたドラゴンを捕まえると、リシュカルはセナともども、城の上空から飛び去る。

「セナ――！」

最後にキースの呼ぶ声を聞いた気がした。


セナを連れ去ったドラゴンは、西へ西へと凄まじい速度で飛び続ける。

ビュウビュウと風が肌の上を駆け抜けていくけれど、不思議と寒くはなかった。一見硬そうだけれど、柔らかなドラゴンの尻尾に包まれているからかもしれない。

平原と森が続く一帯を越えると、山岳地帯に入り、ひときわ大きな山の頂上を目指していく。木々もなくなり、岩だけのごつごつとした山頂付近まで来るとようやく速度が落ちる。

きっと、ここがドラゴンの棲家《すみか》リュド山に違いなかった。

セナのいるベクラール王国と、西のザナル王国との国境にある山岳地帯で、山頂付近は一年中強い風が吹いて、誰も近づけないと聞く。

辺りは、ビュービューと風の音が鳴り響いていた。それがどこか悲しい調べに聞こえるのは気のせいだろうか。

リシュカルが降下していく先には、神殿跡のような場所があった。

円形の土台の外周に、柱が等間隔で八本立てられ、屋根はない。その部分だけ山を削ったのではなく、最初からそうなっていたかのように自然と開けている。

夕方のひんやりし始めた空気が漂い、岩の何ともいえない無機質な匂いがした。とても神秘的な場所だ。初めて訪れる場所なのに、風のドラゴンの気配のせいか妙に居心地のよい感覚がする。

リシュカルはそこへゆっくり降りると、まず老いたドラゴンを円の中に置き、続けてセナを円の外にそっと座らせた。

そして、リシュカルは透明の鎖のような魔法で彼が動けないようにその場へ縛り付ける。

それでも老いたドラゴンは、翼をばたつかせて低く唸《うな》り続けていた。力ではリシュカルには及ばないようだ。

その瞳がセナを見据えて、何かを訴えかけている。錯乱しているけれど彼もまた、城への襲撃はセナに会いに来るためだったのだと感じる。

リシュカルが風をまとい、人の姿になっていく、その風がセナの額と頬を撫《な》でるように吹きつけた。

「さあ、セナ……貴女の詠唱で、グリエルムを楽にしてあげてください」

リシュカルがセナに語りかける。

「私の……魔法で……」

見ればグリエルムと呼ばれた老いたドラゴンの身体は、傷だらけだ。その状態でもなお、魔法の拘束を解こうと、身体を動かしている。

（かわいそう……）

錯乱したグリエルムを目の前にすると、セナに伝わってくるものがあった。

彼も暴れたいわけではない。老いた身体では、内にある強大な力を抑えることができなくなってしまったのだ。

けれど、誰かが止めてくれるその時まで、苦しみ、暴れることしかできない。

「老いたドラゴンは、詠み手《コーラー》の魔法でのみ、穏やかに眠ることができます。ですから、どうか風の王に滅びを」

「滅び……」

ああ、わかった。

決して知っていたわけでもない、教わったわけでもない、なのに自分が何をすれば良いのかわかる。

（苦しみから……逃がしてあげて……）

セナは想いを込めて、グリエルムへ手をかざした。

よく知った詠唱をする。

このためにある魔法だと、確信して。

「滅びろ――」

ドラゴンの巨軀《きょく》が、植物が枯れていくかのように風化していく。

さらさらと……。

グリエルムは暴れるのを止め、穏やかに目を閉じてそれを受け入れていた。

そして、完全に身体が崩れ去ると同時にゴオッと風が巻き起こり、残った灰のようなものをまき散らす。

悲しげにそれを見守るリシュカルの髪が、風に靡《なび》いていた。

やがて、その風はグリエルムを天へ届けると、大きく広がり下りてくる。

それを、リシュカルが風の衣のように纏《まと》い、吸い込んでいく。

ああ、代替わりが終わったのだとわかった。

グリエルムが滅び、リシュカルが王となったのだ。

セナは古き王に、引導を渡した。

この場所に、長くいてはいけない気がする。リシュカルから目が離せない。

「これでいいの……？　早く帰して」

きっとキースが心配しているだろう。できるだけ早く戻らなければ。

セナは喉《のど》を震わせて、新しい風のドラゴンの王へと願った。

「いいえ、帰しません。これでわたしは風の王となりました」

しかし、リシュカルは首を縦に振ってくれなかった。セナをうっとりと見つめてくる。

「我が伴侶となる詠み手《コーラー》よ。しがらみだらけの俗世を捨てて、わたしと共に生きなさい」

恭しく跪《ひざまず》いたリシュカルに手を取られる。

誰も来られないリュド山の上部であり、今のセナに拒絶することなどできない。

岩山の間をすり抜けるいくつもの風の音が、さっきまでよりも強くゴウゴウと聞こえた。

五章　花嫁を迎える巣作り

〝滅びろ〟の魔法を使って老いた風の王グリエルムを滅ぼした後、セナはリシュカルに別の場所へ連れて行かれる。

先ほどの儀式を行う広場のような場所から山の亀裂《きれつ》に沿って数分歩くと、今度は神殿らしき建物が現れた。

地面からとても長い柱が伸び、その上の円状の土台に、半球状の建物がのっかっている。

建物自体は北国の教会のような、たまねぎ形だ。

リシュカルはセナを抱き上げると、ドラゴンの姿に戻ることなく、軽く跳んだだけで建物の中に着く。

彼は風を自由自在に操るらしく、これぐらいは簡単にできるようだ。

「ここは……？」

「風の神殿と呼んでいます」

中は、すべて美しい白い石でできていた。

大理石のようにも見える綺麗《きれい》な石で、やはりどこも無機質な円形の柱や真っ直ぐな壁で作られている。

吹き抜け部分が多く、風が抜けるので寒いかと思ったけれど、暖かいぐらいだ。何かしらの魔法がここにも働いているのかもしれない。

「さあ、貴女《あなた》の部屋はこちらです」

セナがついてくるのが当然のように、リシュカルは先を歩いて行く。

「あのっ……」

立ち止まると、思い切ってセナはリシュカルに問い掛けた。

「私の魔法って……詠み手《コーラー》って、何ですか？」

いきなり伴侶《はんりょ》だと言われて、何も聞かずに従えるわけがない。

リシュカルが足を止め、こちらを向く。

「貴女の魔法は、我々ドラゴンの心に響く、美しい光景でしたよ。数百年の王の最期に相応《ふさわ》しい」

思い返しているのか、リシュカルの瞳《ひとみ》が閉じられる。

「さすが詠み手《コーラー》の天属性魔法です」

「天……属性……？」

魔法の属性は風、水、火、大地、雷、光、闇の七つだ。

天なんて聞いたことがない。

岩や木しか壊せない魔法〝爆《は》ぜろ〟と、植物を枯らせることしかできない魔法〝滅びろ〟の属性は、天なのだろうか。

「そうでした、人間には馴染《なじ》みがなかったのですね」

困惑するセナに気づき、リシュカルが長い睫毛《まつげ》を少し動かす。

「天の魔法とは、詠み手《コーラー》しか使うことのできない、七属性のすべてを複合した特別な魔法です」

そんなこと、城で読んだ書物のどこにも書かれていなかった。

だからセナの魔法は、七属性のどれにも当てはまりそうで、当てはまらなかったわけだ。

「そして、何百年かに一度現れる詠み手《コーラー》は、すべてのドラゴンを導き、時には伴侶として心を支え合った……と伝えられています」

どうやら彼が言っていた伴侶という言葉は、ここから来ているようだ。もしかしたら、正確には人間の結婚とは違う意味なのかもしれない。

「伝承に伝わる黒い髪に、黒い瞳……間違いなく貴女こそが詠み手《コーラー》です」

リシュカルがふわっと微笑む。そして、自らの胸に手を当てた。

「やっと見つけた……やっと、わたしの感じとれる場所に現れてくれた」

彼の安堵《あんど》した顔に、セナの胸がトクンと高鳴る。

（あぁ……またこの感じ……）

怖さよりも懐かしさを強く感じる。

これも自分が詠み手《コーラー》だからなのだろうか。

ベクラールの城では、色々なことを学んだけれど、いくら本を読んでも心が欠けた感覚が消えることはなかった。

けれど、リシュカルに伴侶と言われて、初めて自分を知覚した気がする。

ずっと前に、並んで大地を見つめていたような感覚に似た親しみがあった。

知らないのに、知っている。

こうして近くにいることが自然な存在で……。

「この先です。段差に気をつけて、さあ手を」

廊下の突き当たりに扉がある。そこが三段だけ段になっていて、リシュカルがこちらへ手を差し伸べてきた。

――この手を、取ったら？

『セナ、来いよ』

なぜかその時、ふとキースが同じようにしてくれた記憶が頭をよぎった。

森で、獣除《よ》けの線から出ようとしなかった自分を、外へ連れ出したあの手を。

「これくらいは大丈夫なので……」

セナはリシュカルの手を取らなかった。

悪い人ではないと思う。もしかしたら、詠み手《コーラー》である自分の運命の相手なのかもしれない。

けれど、よく分からない。

「まだ、心を許してくれないのはわかります。けれど、気持ちを伝える努力はさせてほしい」

リシュカルがしゅんとした。心底、悲しいという表情に不憫《ふびん》になってしまう。

王様なのに、無垢《むく》な少年みたいなアンバランスなドラゴン王だった。

「べ、別に……傷つけるためじゃないですからっ」

待ち焦がれた人が目の前に現れ、拒絶されたら誰でも落ち込むだろう。

手を取らなかったのは少し申し訳なかった気がして、セナはそっと指先だけを彼の手のひらに乗せると、段を一歩上った。

しかし、リシュカルは止まったままだ。

「あ、あの……どうかしたんですか？」

「風のドラゴンであるわたしは、詠み手《コーラー》である貴女と共に歩むことに憧《あこが》れ、人と関わり、学び、二百年、待っていました。ですから――」

「わっ……」

いきなりリシュカルがセナの手を摑《つか》むと、引き寄せてくる。

一気に距離が縮まってしまう。

長くて光沢のある銀髪、少しだけ尖《とが》った細い耳、美しい鼻筋、長い睫毛に、赤い瞳の切れ長で綺麗な輝きがすぐ目の前にある。

人間としての基準でいっても、容姿端麗に間違いない。

「こうして願いが叶《かな》って、嬉《うれ》しい」

風のドラゴン王リシュカルは、二百年もの間、ずっと自分を待っていてくれたという。

まだ完全に信じたわけではないし、もしかすると人違いかもしれないけれど、この人の気持ちを簡単に無視したりできない。

けれど、すぐに戻りたいという想いがあった。キースのいる城へ。

「あの……もう、風のドラゴンの代替わりは終わって、建物を壊したりは……」

自分の魔法で、老いて錯乱した風のドラゴンは消えた。これでベクラール城が襲われることはもうないはずだ。

それを知らない彼らは、今頃必死に防衛策を考えているかもしれない。少しでも早く、もう錯乱したドラゴンはいないと伝えてあげたい。

「はい、わたしは風の精霊王としてすでに皆を従えました」

力を見せるかのように、リシュカルの周りをいきなり竜巻のような強い風が舞う。

その顔は自信に満ちていて、すでに王としての風格があった。

「代替わり直後なので少し不安定ではありますが、わたしは貴女の心を手に入れるため、より強い意志で王となるつもりです」

もう充分に強いと思うのだけれど、そういうことではないのだろう。

彼は二百年も待っていた伴侶を、離したくはないのだと不意に気づく。それだけ長い年月、想っていれば、当然のことだ。

自分に、彼を支え、手助けすることなど、本当にできるのだろうか。

「ですから、どうかわたしと共に生きてほしい。わたしには貴女が必要だから」

リシュカルが真剣な顔でじっと見つめてくる。

できるできないはたぶん関係ない。

リシュカルは、こんなにも詠み手《コーラー》を必要としているのだから、それだけで意味はあるのだ。

推測でしかないけれど、詠み手《コーラー》は大きすぎるドラゴンの力を抑える役目なのかもしれない。ベクラール城でのことを思えば、国が滅んだという話も大げさでないのがわかる。

だから、人に危害を加えないよう、ストッパーの役割になる者が必要だ。

ドラゴンを倒すことができるのは、詠み手《コーラー》だけなのだから。

（私は……ここにいるべき存在なのかもしれない……）

リシュカルにこんなにも必要とされていて、他の人では務まらない。

運命のままに従うべきだと、耳元で言われている気がしていた。

「着きましたよ」

「ここですか？　あっ……」

ぼんやりと考え込んでいたせいで、立ち止まったリシュカルにぶつかってしまう。

待ち構えていたように、しっかりと抱き留められてしまった。

「危ないですよ。わたしは嬉しいですが」

「あ、あの……」

また顔が近い。今度は優しく微笑まれてしまう。

運命だという言葉がまた胸に浮かんだ。先ほどよりも強く意識せずにいられない。

「さあ、もう身体を休めて。人は傷つきやすい生き物だから。おやすみ、また明日」

「……おやすみ……なさい」

その日は、用意された部屋に入るなりすぐに寝台へ倒れ込んで、眠ってしまった。

※　※　※

セナが眠りについたその頃、リシュカルは目を瞑《つぶ》り、寝台の上で片膝《かたひざ》を立てて、座っていた。

本来ならば、毎日眠る必要がないし、寝台も必要ない。

風のドラゴンであるリシュカルならば、この姿で空に漂い続けることもできるし、ドラゴンになって頂上にある巣で丸くなることもできる。

これも人のことを学ぼうと思い、マネているに過ぎなかった。

「ああ、セナ……なんて美しい名前なのでしょう」

恋い焦がれて、思わず囁《ささや》く。何度でも口ずさんでしまう。

脳裏には彼女が先代の風のドラゴン王へ魔法を放った時の光景がしっかりと焼き付いて離れなかった。

『滅びろ——』

その短い言葉には、多くのものが込められていた。

彼女が心からグリエルムに同情し、苦しみからの解放を願っていたのがわかる。

そして、その魔法は、風の化身ともいえる自分でも見たことがないほど、美しく見事な魔法だった。

グリエルムは何の苦しみもなく、それどころかドラゴンとしての定めから解放された喜びさえ感じて、この世から消えた。

滅びたのだ。

あれを間近で見た時、リシュカルはゾクゾクと背が震えた。

思わず、ドラゴンの姿に戻るところだった。

今ではセナに対して、尊敬の念さえ抱いている。同時に、もっと彼女のことが知りたくなった。

どんな人生を歩んできて、どんなことを考えていて、どんな風に笑うのか。

ずっと側にいて、守り、観察したい。

もちろん、それをセナの意思を無視して押しつけようとは思っていない。

けれど、惹《ひ》かれ合う心に自信があった。

この出会いは運命であり、必然に違いない。

今はまだ戸惑っているようだけれど、きちんと気持ちを伝えれば、彼女はここにいることを選んでくれるはずだ。

「セナ……どうか、わたしの側にいてください……」

膝を抱きしめると、リシュカルは人の姿のままで数日ぶりの眠りについた。

※　※　※

驚いてばかりで、心が想いで溢《あふ》れそうで、疲れていたのだと思う。

気づけば、部屋に一つだけある大きな窓から朝日が差し込んでいて、まぶしかった。

翌朝になっていた――。

リシュカルに案内されたのは、ベクラール城の客間よりも大きな部屋で、壁も天井も床も、すべてが外と同じ白い石で作られている。

部屋にあるのは、ソファと大きな寝台、その下に丸いカーペットがあるだけで、とても無機質な感じがしてしまう。

「夢じゃ……なかった」

すべてが現実でなかった、と言われた方がしっくりと来るほど、昨日はたくさんの驚くようなことばかりが起きた。

「ドラゴンに攫《さら》われて、ドラゴンを滅ぼして、ドラゴンに伴侶《はんりょ》になれと言われて……できれば夢であってほしかった」

呟《つぶや》くも、部屋にはセナしかおらず、当然、誰からも返答はない。

「これから、どうすれば……」

一人で遠くに連れてこられたセナは、途方に暮れるしかなかった。

いますぐ逃げるべきなのだろうか。それともここに居るべきか。

昨日のリシュカルの優しくも、悲しそうな顔が浮かぶ。

『やっと見つけた……やっと、わたしの感じとれる場所に現れてくれた』

詠み手《コーラー》を伴侶とするため、必死に人について学び、捜し続けたのだろう。

逃げることは、その想いを踏みにじることにならないだろうか。

「そういえば……現れたって、私ずっと普通に暮らしていたけれど」

呟いたところでハッとする。

思い出したのは、家の周囲に張られていた獣除けの魔法だ。

キースは、それを結界だと言っていた。冗談だとばかり思っていたけれど、もし本当だとしたら……。

「もしかして、お母さんはこのことを知っていたから森に隠れて暮らしていた、とか？

お城へドラゴンが来たのは私がいたから？」

どれも推測でしかなく、今のセナにはわからないことだらけだった。

「お母さんがいたら……」

聞けるのにと思ったけれど、セナは首を横に振った。

街で受け取った手紙にも、そんなことは書かれていなかった。もし母が知っていたとしても、セナには伝えなくて良いと考えたのだろう。

ならば、自分の目で見て、聞いて、感じて、選ばなくてはいけない。

ここにいるか、ここを発《た》つか。

（キース……）

お母さんを思い浮かべたはずなのに、なぜかそれがキースの顔に変わる。

オカン違いだけれど、速くなっていた鼓動がゆっくり落ち着いていく。

勇気が湧いた。

こんなところを彼に見られたら、いつまでごろごろして……何やってんだと、小言が飛んできそうだ。

「ひとまず……」

　セナは軽く身なりを整える。

　そして、廊下に繋《つな》がる扉をそっと開けた。

　部屋にいても、思考がぐるぐる回ってしまうだけだ。まずはこの建物内を調べるべきだろう。

　ここで暮らすにしろ、ここを出るにしろ、いずれ必要になってくる。

「えっ……？」

　しかし、おそるおそる部屋から出たセナはいきなり出端《でばな》をくじかれた。

（人が……いる⁉）

　部屋の前に、灰色のフードを深くかぶっている男の人が二人立っていた。

　ここにはドラゴンしかいないものだと思ったので、驚く。すると、男たちもセナに気づいた。

「これはこれは……お目覚めでしたか、セナ様」

「朝食をご用意してあります。こちらへどうぞ、さあ」

　声からするに一人は老人、もう一人は若い男の人のようだ。二人とも丁寧な言葉遣いだけれど、必要以上にへりくだっている。

「わ、わかりました」

警戒しながらも、断るのも不自然かと思う。

ひとまず従おうと、彼らの後ろをついていく。すると、前を向いた彼らの外套《マント》に描かれた紋章にセナは気づいた。

(山のような形の中に、ドラゴンを象《かたど》った模様——ザナル王国!)

彼らはリュド山を隔ててベクラール王国と国境を接し、ドラゴンを崇拝する国の者たちのようだった。


連れてこられたのは、窓がなく、岩肌だけが見える洞窟《どうくつ》のような広い部屋だった。中央にある二十人は使えるだろうという長いテーブルの両端に、椅子が二脚だけ置かれている。朝食だというのに、多くの料理が並んでいた。

半月を膨らませた形の見たことがないパン、ツボのような器に入った豆のトマトスープ、野菜をすべて細かく刻んでドレッシングで和《あ》えたサラダ、少し毒々しい赤紫色をした野菜のピクルス、薄くのばした小麦粉らしき皮に野菜を包んだもの、パイ生地に挽肉《ひきにく》を入れてオーブンで焼いたものなど、とても一人では食べきれない量だ。

豪華なのだろうけれど、ザナル王国の料理なのか、セナには馴染《なじ》みがない。

（なんだか……知らない味がする）

まったく手をつけないのは申し訳ないので、慣れない味に苦戦しながら、少しずつだけ我慢して口に運ぶ。

すると、見張るように部屋の入り口に立つザナルの男二人から、ひそひそと抑えた声が聞こえてきた。

「ベクラールの平民風情にこんな料理を……」

「詠み手《コーラー》ということすら信じがたいのに……このわしが小娘の世話と見張りなどっ」

「リシュカル様のお考えがわかりません」

本人に聞こえてしまうのがわからないほど苛々《いらいら》しているのか、それとも聞こえるように言っているのか。

どちらにしろ、ザナルの人からしたら自分は歓迎されていないようで、気まずいことこの上ない。

「ご、ごちそうさまっ」

我慢できずにセナは席を立った。

「花嫁様！」

すると、二人が焦ったように引き留めてくる。

「お待ちください！　リシュカル様のご機嫌を損なわれては……」

「我々が余興でもいたしましょうぞ！」

だったら、聞こえるように悪口など言わないでほしい。

けれど、このまま部屋に戻ると彼らを刺激してしまうだろう。どうしたものかと困っていると、部屋にリシュカルが入ってきた。

「ビャーネ、オブラソワ。下がれ」

「ははっ！」

リシュカルの命令で、二人が逃げるように部屋を出て行く。

「……すみません。彼らはザナル王国との連絡役で、色々と世話をしてもらっています。良い関係を築き、私のこともわかってくれていると思ったのに」

彼は申し訳なさそうに眉尻《まゆじり》を下げた。

「わたしにとって貴女がどれほど大切な人か、彼らに理解してもらえていなかったようです。人は国や育ちで考え方が違いましたね」

「リシュカルが謝ることじゃないです。突然、現れたのは私の方ですから」

崇拝する相手がいきなり連れてきた花嫁候補なんて、ザナルの人たちからしたら面白くない存在だろう。しかもそれが自分たちと同じ人間だったのだから。

セナの暮らしていたベクラール王国とザナル王国が、あまり友好的ではないこともあっての態度だろう。

「セナ……貴女は優しいね」

自然にリシュカルが距離をつめてきて、至近距離で微笑まれる。髪に手が伸びてきて、優しく撫《な》でられてしまった。

いつもならば、さっと避《よ》けてしまうはずだけれど、彼にはどこか許してしまう。これも自分が詠み手《コーラー》だから、なのだろうか。

「この後、良ければ貴女と行きたいところがあります。ついてきてほしい」

「かまいませんけど……どこへ？」

穏やかな彼の様子からして、危険な場所ではないのだろう。セナにはここで予定などあるはずもないので、頷《うなず》く。

「見せたいものがあるんだ。間に合ったから」

行けばわかるというような答えに、セナはそれ以上聞かず、歩き出したリシュカルの後を追った。

神殿のような場所から外に出ると、リシュカルがくるりとセナの方を向く。

どうしたのかと思っていると、トンと一気に距離を詰めてくる。そして、いきなり身体がふわっと浮いた。

「……？」

風の魔法だろう。風の王であるリシュカルには詠唱なんて必要ないみたいだ。

「少し上にいきます」

「えっ……あっ！」

するとセナの身体が斜めに傾き、リシュカルの腕の中へと勝手に引き寄せられた。

彼の腕の中にしっかりと収まり、抱きしめられてしまう。

「摑《つか》まっていてください」

（どこに？　む、無理……）

今の体勢でも恥ずかしいのに、抱きつくなんてできなかった。

すると、今度はリシュカルごと宙に浮いていく。

「……きゃっ！」

いきなり空に向かって飛び上がったので、思わずセナは声を上げた。

反射的にリシュカルの首に腕を回すと、抱きつく。

城でさらわれた時と違い、彼は人間の姿のままセナを抱えて飛んでいる。

神殿のある場所はリュド山の山頂付近だったのに、彼はさらにその上を目指していた。

「……すごい」

恐る恐る目を開けると、景色が流れ、すでに雲は自分たちの下にあった。

どうやらリシュカルはリュド山の頂上を目指しているようだ。セナを抱いたまま、ぐんぐん高度を上げ、ついには山を飛び越えて、どこかへ向かって降りる。

「ここって……」

リシュカルに優しく地面に置かれたセナは、辺りを見回した。

そこは山のほぼ頂上にある平らな空間だ。岩場の床には藁《わら》が敷き詰められ、キラキラと輝く物や花々があちこちに置かれている。

中には細かい細工の入った時計や鏡台、ランプなどといった家具まであった。

「セナ、どうでしょうか？」

（どうでしょうかって、言われても……）

いきなり感想を求められて、焦った。正直なところ、ここが何の場所なのかもセナにはいまいちわからない。

たぶん、家具があるから家なのだろう。

「え、えっと……素敵なお家？　ですね」

合っているのか不安になりながら、リシュカルの顔色をうかがう。すると、彼の表情がパッと明るくなった。

「よかった。わたしの作った巣を気に入ってくれて！　二人の新居です」

（二人の――巣!?）

リシュカルがドラゴンだったことを思い知らされる。確かにここは、巨大な鳥の巣のようだ。

輝く物が集められているのも、ドラゴンの習性だろうか。

「セナの物もたくさんそろえました」

高価そうな鏡台や宝石のたくさんついた宝石箱、ガラスの時計や花は、どうやら自分のために用意してくれた物らしい。

「セナには海に眠る貝殻も綺麗《きれい》でふさわしいけれど、輝く宝石もよく似合う。すべらかな黒曜石でできた首飾りもいい」

巣の中を歩きながら、リシュカルが集めた物を見せてくれる。

様々な宝石で作った首飾りや、腕輪、指輪などの装飾品はあちこちに転がっていた。どれも統一感はなく、年代も地域性も様々だ。

（これ、集めてくれたのか……）

現れるかもわからない自分のために集めていたのだと思うと、健気《けなげ》に思えて胸が締めつけられた。

「セナ、ここへ勝手に連れてきたこと、怒ってる？」

不意にリシュカルが尋ねてきた。どう答えたら良いのか難しい。

「怒ってはいないです。強引かな、と思ったけれど……慣れているので」

キースの行動も強引だった。

けれど強引だったから、家から出られて外の世界を知ることができたのだと思う。

「でもちょっと準備とか、決意とか、お別れとか、させてほしかったというか……」

言葉を探していると、別れた時のキースの表情が浮かぶ。

「セナ……」

今自分はどんな顔をしていたのだろうか。リシュカルの声が悲しそうだった。

「このままずっと、ここにいてほしい。けれどわたしは、待てる。あと百年ぐらいは何でもない。だから、セナが嫌なら帰ってもいい」

「それは……その……」

ここで帰りたいと伝えるのは、間違っている気がする。

何より、セナの本能はここにいろと言っていた。

やっと見つけた、穏やかで、自分を傷つけるものからすべてをリシュカルが守ってくれる場所である。

ドラゴンの王に運命だと求められて、望まれているのだ。

こんなに自分を求めてくれるリシュカルがいるなら寂しくないし、いずれ慣れるだろう。

それでも……心地よいからと流されたままでいるのは違う気がする。

「セナ……」

困った顔をしていたのだろう。リシュカルが切ない表情で細い指を伸ばしてくる。また髪を撫でられるのかと思ったけれど、ふわっと何かが頭に掛けられた。

「人間の花嫁の布です。貴女《あなた》には白も淡い黄色も、空色も似合う」

「そ、そうかな……」

頭から掛けているのは、白く薄い生地に銀糸が織り込まれていて、端に刺繍《ししゅう》がされた、綺麗な花嫁のベールだった。

やはり、答えに困ってしまう。きっと今自分は複雑そうな顔をしているだろう。

待つと言いながら、リシュカルはぐいぐいと気持ちを伝えてくる。けれど、これほど純粋に好意を向けられて、嫌なわけがない。

その後、セナは部屋へ戻ると一人考えた。

紳士的な風のドラゴン王が、熱烈に自分へ求婚してくれている。

一心に伴侶《はんりょ》にしたいと思ってくれていて……。

魔法の属性も、詠み手《コーラー》という存在だったことも教えてくれた。

ずっと、こんな自分のことを、待ち焦がれていたという。

それはセナが詠み手《コーラー》だからだけれど、運命だったとも言える。

ドラゴンが人を襲う可能性はなくなり、ベクラール王国も平和になるし、キースも難題が一つ減って助かる。

(今度はここに引きこもっていた方が、きっと色々と平和に――)

リシュカルとここに残ることに傾き始めていたところで、椅子に掛けた外套《マント》の内ポケットから何かがはみ出ていることに気づく。

取り出してみると、それは布にくるまれたクッキーだった。

丸いもの以外にも、星形や、スティック状のものまである。

きっとキースの仕業だろう。東屋《ガゼボ》のお茶会で食べた後も、ちょくちょく持ってきてくれていたので、こっそり入れておいてくれたのだと思う。

「ふふっ……悪戯《いたずら》みたいにしなくても……」

笑って文句をいいながら、醤油《しょうゆ》クッキーを口に含む。

ほろりと崩れて、甘くてしょっぱい味が口いっぱいに広がった。セナにとっては、とても懐かしい思い出の味だった。

すると、小言を口にするキースの顔が浮かんだ。

戻ったら〝あんた、なにやってんだ！　行き先も言わずに！　帰りが遅い！〟なんて怒られそうで……。

「ふ、あは………」

さくっと、さらに食べ続ける。勇気が出る味がして、胸がいっぱいになる。

「……キース」

もう一口食べると、笑顔は消えた。

（運命かもしれない……ここにいる方がみんなのためかもしれない……けれど――）

自分の気持ちは違っていた。

ずっと待つといってくれたリシュカルは良い人で、ここにいれば、とても大事にしてもらえるだろう。

それでも、キースのところに戻りたかった。

小言で構わないから、彼の声を聞きたい。

強く惹《ひ》かれるみたいに、状況や理性はリシュカルを選んでいる。けれど、セナ自身の心はキースの側にいることを求めていた。

彼がいたから一歩踏み出せた。せっかく外の世界に出たのに、またここで引き籠《こ》もってしまいたくない。

(私は、キースと、キースの大事な人たちと……もっと色々な人と出会い、色々な場所に行って、色々なものを見ていきたい)

一度知った心の奥の願いは、自分に力をくれた。前に進む勇気になる。

「――私、戻らないと」

流されてはいけない。自分の意思で立って歩かなければ――。

残りのクッキーを食べきると、セナは外套《マント》を纏《まと》った。

何時間も考え込んでいたのか、窓から見える空はすでに暗くなっている。

部屋の壁に掛けてあった松明《たいまつ》を手にすると、セナは見張りをしていたザナルの人の目を盗み、部屋を飛び出した。

※　※　※

セナが外に出たところを、リシュカルは神殿の上に立って見ていた。

手に持った、彼女のために用意したベールが風に靡《なび》いている。

ここは風のドラゴンの棲《す》む地であり、風がすべてを教えてくれた。目を瞑《つぶ》っても、悩んだ上にセナが飛び出したことは見えている。

「わたしの想い、今回は届かなかっただけ」

人間のことはできる限り学んだけれど、まだまだわからないことばかりだ。そんな簡単にセナの心を摑《つか》んで、伴侶にできるとは初めから思っていない。

そして、リシュカルは彼女を諦《あきら》めるつもりはなかった。

ドラゴンの王にとって唯一無二の存在、詠み手《コーラー》と出会えたのだ。それだけで自分の幸運に感謝していた。

「わたしは待てますよ……セナ」

彼女へ言ったことは、嘘ではない。

出会うのに、二百年かかったのだ。たった数年、数十年待つことなど、自分にとっては些細《ささい》なことに過ぎない。

この出会いこそが、奇跡でもあり、すでに動き出した運命である。

こちらを向いてくれるまで、何度でも想いを伝えよう。

「セナ……」

黒い髪に、黒い瞳《ひとみ》、ドラゴンの自分を恐れないところと、優しさ、控えめなところ、すべてが愛《いと》おしい。

出会ってみてわかる。

セナが詠み手《コーラー》だからではなく、彼女が自分にとって運命の者だから、詠み手《コーラー》だったのだ。

「わたしは待っています」

もう一度、セナがいる方に向かって口にする。

手にしていた布がするりと指からすりぬけて、夜空に舞い上がる。

花嫁のベールは月明かりに輝きながら、風の中を自由に躍り——美しかった。

六章　過去と覚悟と言葉の呪い

セナは建物から抜け出すと、とにかく下りる場所を探した。

ザナルの人がリシュカルのところにいるということは、人の通れる道があるはずだ。予想した通り、裏口とおぼしき辺りで下へと行く階段らしき場所を見つけることができた。

しかし、そこは洞窟《どうくつ》を無理に掘り下げたような不安定な道で、当然、整備なんてされていない。

何度も滑り落ちそうになりながら、進んでいく。

自分の中にこんな行動力があるなんて、不思議だった。以前の自分なら、無理だと諦めて、部屋に籠もっていただろう。

(そっか……キースに会ったから……)

早く会いたかった。別れてからあったことを全部話したい。

変な誤解をされたくないし、顔が見たい。

(会いたい——)

帰っても、どうなるかわからないけれど、キースのところに戻りたかった。

岩肌に手をつきながら一歩一歩下へと下りていく。

何時間そうしていたのだろうか、一度開けた場所に下り立つ。

平面になった洞窟を進んでいくと、吹き抜けになっているのか、頭上からまだ白い朝日が差し込んでいた。

「もう朝？　よかった……」

松明はどこかで滑り落ちた時に、岩肌に触れて消えてしまっていたので、朝が来ていたことを喜ぶ。

鍾乳洞《しょうにゅうどう》のような場所を暗闇のなか進むのは避けたい。

（山を下りたら、まず街道に出て、太陽の位置からお城の方角をわりだして……）

この後の手順を考えながら進む。

楽観的だったのは、途中途中にザナルの人たちのものだろう野営の跡が残されていたからだ。人が歩けない山ではないということだ。

これを辿《たど》っていけば、きっと山の麓《ふもと》に出られるはずだとセナは考えていた。

「次は……あそこに！」

岩はどこも白いので、たき火の黒い跡は簡単に見つけることができる。

少し進むと左右に曲がって分かれていたけれど、跡を見るに右側だろう。迷うことなく進もうとした時だった。

「誰だ！」

「ひっ⁉」

曲がり角を出ると、いきなり目の前に剣が突きつけられていた。

驚いて息を止めるも、剣を持つ人物を見て、目を見開く。

「ガルト……さん⁉」

「…………」

ガルトもセナだということに気づいてくれたのか、無言で剣を鞘《さや》に戻す。

彼がいるということは、キースも来てくれたのだろうか。

「あ、あの……」

何か言ってほしいのだけれど、憂鬱《ゆううつ》そうな顔で彼が大きなため息をつく。

「ご心配おかけしました。キースが来ているなら、彼のところへ――きゃっ！」

セナが言い終わる前にガルトが岩壁を拳《こぶし》で叩《たた》く。

ドンッと大きな音がして、粉砕された石の破片がパラパラと舞った。それなのに、彼の拳は怪我一つない。

一瞬何が起こったのかわからなかったのだけれど、どうやら素早く拳に火の魔法を纏わせて殴ったみたいだ。

「お前など、見つけたくもなかった」

「どう……して……？」

ガルトはいつも不機嫌そうに見えるけれど、今はセナに対して本当に怒りを感じているようだった。

なぜ、そんな感情を向けられるのか、わからない。

「キース様にお前は必要ない。どこへなりとも消えたままでいろ」

「さ、捜しにきてくれたんじゃない……ってことですか？」

ガルトがギロリとセナを睨《にら》みつける。

真剣な怒りを向けられてもなお、セナには理解できなかった。

「お前の捜索はキース様の独断だ。三日もすれば城に戻らざるをえない。うろつかず、ドラゴンの巣にでも帰れ」

最後の言葉にカチンとする、いくらなんでも酷《ひど》すぎる。

いきなりドラゴンにさらわれたセナがどんな気持ちでいたのか、どんな決意をして逃げ出してきたのか、この人はまったくわかろうともせずに、戻れとただ言い放つ。

せめて話し合う機会ぐらいはくれてもいいはずだ。

「……一方的過ぎると思いますけど」

セナが反論すると、急にガルトが右手を広げて、軽くすぼませるような仕草をしながら詠唱し始める。

「舞いし火の粉。拳に纏い、我が力となれ！」

（強化の……火魔法……）

いきなり、最初に壁に向かってドンとやったのと同じだ。それをもう一度やろうというつもりなのだろうか。

「あ、あの……」

「口ごたえは許さん。黙れっ！」

ガルトは大きく拳を振りかぶって、地面に突き立てる。

「きゃあっ！」

悲鳴を上げて、後ろへ飛び退《の》いた。

ガルトの殴った地面は砕け、石片が飛び散る。

「えっ……ちょ……きゃっ……」

攻撃はそれだけで終わらなかった。

壁や地面などを魔法で強化した拳で、次々と粉砕していく。振りかぶる動作がゆっくりなので、セナに当てるつもりはないみたいだ。

けれど、まるで追い返すように来た道を戻らされる。

（これって脅し——!?）

前から私に腹を立ててるのはわかっていたけれど、さすがに大人げない。

「待っ、わけを聞っ……ガルトさ……きゃあっ」

「キース様をこれ以上、苦しめるなっ！」

（……キース……を？）

不意に、ガルトの顔が怖いけれど苦しげなことに気づく。自分にも都合があったように、彼にも何か事情があるのかもしれない。

きっと、彼の主《あるじ》であるキースが関係している。

大振りな攻撃をぎりぎりのところでかわしながら、セナは叫んだ。

「あのっ！　私が何かしたでしょうかっ？」

「お前などっ、去《い》ねっ！　ロ、ローランと同じだろう！　ふんっ！」

（ローラン……？）

ガルトが壁を壊しながら、知らない人の名前を口にする。キースに関係する人だろうか。

「っ——だから、それを聞かせてください！」

セナは覚悟を決めて、足を止めた。

振り返ると、今度は逃げずにガルトと対峙《たいじ》する。すると間髪を容《い》れず、火の魔法を帯びた拳がセナの顔目掛けて飛んできた。

(脅しなんて、かっこ悪い！　私は屈しない！)

ガルトをキッと睨んで、反射的に逃げようとする足に力を込めてふんばる。

拳が顔に当たる寸前で、ガルトは手を止めた。

「ちっ……」

同時に彼の纏っていた魔法も消えていく。

「……私の事情だけど、外に出たらもう逃げ帰らないって決めていたので」

一度逃げたら、逃げっぱなしになる。

(次に外へ出たら、向き合うことをやめないって、ずっと、ずっと考えていたから)

「……お前の事情など……知らん」

やはり拒絶するようなことを言われたけれど、ガルトの顔から怒りの表情は消えていた。

もう拳も握ろうとしていない。

「知らなくていい。でも、聞かせてください。かかわらせて。私は、連れ出してくれたキースの望むようにしたい」

セナの真剣な言葉に、ガルトが目を背ける。

「――ローランさんって、誰ですか？」

「ローランは……キース様の養父だ」

観念したように、ガルトがぼそりと答える。

「城で耳にしたことくらいあるだろう。キース様は庶子の第六王子」

セナは首を縦に振り、小さく頷《うなず》いた。

何となくキースが普通の王子でないことは、周囲の反応からわかっていた。けれど、城に親しい知り合いがいないので、詳しい事情を聞いたことはない。

「早くに亡くなった母親の代わりにキース様を育てたのは、森に一人で住む研究者の男だ」

「キースが……森で……」

トクンと胸が鳴る。

まさか自分の生い立ちと似たところがあるとは思わなかった。

「キース様が気安く〝あんた〟と呼んで世話を焼くのは、俺の知る限りお前とローランだけだ」

そして、ガルトはキースの過去を語り始めた。

※　※　※

キースは、リュド山の中腹を焦りながら歩いていた。

幾つもの洞穴と切り立った道があり、どれが山頂への正しい道なのかわからない。

ガルトや小隊長達にも、別行動をとらせてルートの確保を急いだ。

キースについてきた数名の護衛騎士が、遅れながら声をかけてくる。

「っ、キース様、先に行かれては困ります」

「安全を確かめてからでなければ……！」

キースはぴたりと足を止めて振り返った。苛立《いらだ》ちに似た焦《じ》れた気持ちが止まらない。

「どこだって同じぐらい危険だ。不可侵のリュド山に入ったら、風のドラゴンに八つ裂きにされても誰も文句は言えない」

ベクラール王国とザナル王国の国境であるリュド山は、風のドラゴンたちの棲家《すみか》だ。

両国はここを不可侵と決めて、近づかないようにしている。

しかし、リシュカルとやらの飛び去った方向と追跡魔法からして、セナはここへと攫《さら》われたに違いない。

「俺に先を歩かれたくないなら、早くセナを見つけろ」
　これでは部下への八つ当たりだ。口に出してから、後悔するも遅い。
　護衛騎士たちは不満の声をあげなかったが、内心快くは思っていないだろう。
　キースの我儘《わがまま》で隊を動かしたようなものなのに。
　王子失格である。そもそも、庶出であるキースに多くを望む者もいないが。
「……っ」
　キースは、また先頭に立って歩き出す。
　風のドラゴン王の偵察だと、強引にアティラ騎士隊を連れて城を発《た》った。
　キースがセナを捜しに来たことは、言わずとも、状況からして皆知っている。
　身勝手な王子だと士気が下がってもかまわない。
　――セナを助けに来た。
　捜して、取り戻すのだ。もう、あんな思いは二度としたくない。
　四年前に、キースは大切なあの人と一瞬で引き離された。
　そして、もう会うことは叶《かな》わなくて……。
（もう、嫌だ……今なら、きっと間に合う。セナ……）
　この四年間、気を抜けば森の中で暮らした幸福な日々の記憶に呑《の》み込まれそうだった。

思い出を振り払うように、王子として振る舞って、心を保って。

そして、四年経った頃に、人助けで偶然セナと出会った。

魔女の家での数日の暮らしは、キースの心を満たして癒《いや》したのだ。

もう、自分の力不足で引き裂かれたくない。

二度目こそ……離してはならないと、不屈の気持ちで立ち上がる。


奪われた四年前までの幸せな森暮らし――王族という圧倒的な権力相手にどうすることもできなかった。

大切だったあの人も、キースを突き放して、その時は絶望の中から這《は》い上がって。

そして今、森から連れ出したセナとの日常も――絶対的な強さを誇る風のドラゴンに奪われようとしている。

セナは、リシュカルとやらの手を取るのだろうか？

街でも城でも生き辛《づら》そうだった彼女に、執着を見せることは、困らせてしまうのか。

一緒にいて心地よいからとそばに置くことは、キースの欲の表れにすぎなくても……。

恐らく自分は、むきになっているのだろうと、キースは岩が砕けた道を進む。

ジャリッ、ガリッと、ブーツの裏に刺さりそうな音を立てるそれを、踏みしめた。
それでも、もう、こりごりなのだ。
また届かない。失う。
どうして大切なものほど、あっけなくキースの前から消えてしまうのだろう。
（まだ、遅くない。きっと間に合う……）
セナに拒絶されなければ、必ず助け出したい。
今度は、キースはすぐに動けたのだ。
ザアッと頭の中に、緑の記憶が広がる。
森暮らしの幸せだった日々に。
あの人のこと、養父のローランとのかけがえのない暮らしが嫌でも重なる。

※　※　※

森にローランという名の、四十二歳の植物学者が住んでいた。

フレームの曲がった眼鏡に、剃《そ》り残しただらしない髭《ひげ》を持つ、いつもにこにこと笑っていて、皆に慕われる男である。

学者をしながら、植物で作った飲み薬や塗り薬も売っていて、近くの街や村の人々がよく訪れる家だった。

ローランが暮らす辺鄙《へんぴ》な森の中の家は、朽ちかけた白壁に、茶色の煉瓦《れんが》の屋根の家で、扉が傾いていること以外は、概《おおむ》ね住み心地がいい。

四年前に十二歳だったキースは、ローランを本当の父のように慕って、そこで二人で暮らしていた。

母が流行《はや》り病で亡くなる時に、面倒見のよいローランへ託されたのだと聞いている。

本当の父のことは知らない。

つまり、ローランは血のつながっていない養父であった。

「おい、また客だ」

キースは、畑で穫《と》れた野菜を分けに来てくれた客人を待たせて、ローランの研究室になっている奥の部屋の扉を開ける。

すると、目の下に隈《くま》を作った彼がニコニコと席を立った。

「ああ、今行くよ」

その弾みで、書き留めた羊皮紙や図鑑が音を立てて床に落ちる。

「ああっ……」

生活能力の低さに定評があるローランが、のろのろと屈《かが》みこんだのを、キースは手で制した。

「客！　客が先、ここは俺がやる」

「そうだったね。ありがとう、頼むよ」

中腰から立ち上がったローランが、眼鏡を直して、手で寝癖を撫《な》でつける。

まったく整っていないし、そもそも何日前からの寝癖だろうか。

キースがてきぱきと図鑑を本棚へ戻し、羊皮紙を拾い、机の上へ重ねて置くと、そばの皿の上にあった乾いたサンドウィッチが目に入る。

どう見ても一口食べただけの齧《かじ》りあとで、どうせ食べた瞬間に何かを閃《ひらめ》いて気が逸《そ》れたに違いない。

当のローランは、キースがそれだけしている間に、やっと部屋から出るところだった。

あまり口うるさく説教をしたくないが、伝えなければ直らない。

（そろそろ、限界だ）

ほんの数日、気を付けてくれるだけでもましである。

キースは腰に手を置いて、口を尖《とが》らせた。

「髪ぐらい整えて客の前に出ろよ。なんで俺が作った食事、一口食っただけなんだよ」

「後で大事に食べようと思って」

せっかく片手で食べられるものを作っても、意味がない。

人にばかり気を遣って信頼を得るのはいいが、もっと自分の身体と生活を大切にしてほしいという願いは、虚《むな》しくも通じなかった。

でも、変わり者でお人好《よ》しなローランを尊敬していたから、強硬手段は取らずにいる。

「あんたのあとでは二日後か。また作ったから、今度は残すなよ」

台所で湯気を立てているシチューを、キースは思い浮かべた。

客が帰ったら、食事の席へ座るようにさりげなく誘導して、食べさせよう。

玄関からは、客人が前に貰《もら》った薬の礼を言う声と、出て行ったローランの温厚そうな話し声が聞こえてくる。

いつもにこやかで、キースが不摂生だと腹を立てても、そんなキースごと愛情で包むようなローラン。

非の打ちどころのない養父に、育てられたと信じていた。

そんな暮らしが一変したのは……当たり前の日常が引き裂かれたのは……。

ガルトがキースを迎えに来た日である。

四年前のあの日は、霧雨が降っていた。

二十四歳のガルトは、まだ騎士隊長ではなく一介の騎士で、ベクラール王の勅命を受けてやって来たのだ。

キースの父は、ベクラール王ヴァルダスだったとその時に初めて知った。

お忍びで城下で遊んでいたヴァルダスの子を身ごもった母は、それを隠し、キースを産んだらしい。

しかし、王宮の予言者が、風のドラゴンの代替わりの可能性を告げたことがきっかけでヴァルダスは、嫡出の子だけでは手駒が足りないと焦りを見せて非嫡出の子の捜索を命じた。

近くに置くのは、王家の血を引くものでなければならないと。

ガルトはヴァルダスに、抵抗されれば誘拐してでも非嫡出の王子であるキースを連れて来いと命じられていたと後から知った。

ローランはきっと、すべてを知っていたうえで、キースを育てていた。

知っていた、はずなのに……。

あの日、訳ありな客人として、無言の男をローランの研究室へ通したキースは、お茶を出すべきか迷っていた。

男が身に着けていたのは、高級な外套《がいとう》に装飾のついた剣である。

貴族の口に合いそうな茶葉はなかった。

けれど、気になって、とっておきの香草の茶を淹《い》れて、研究室へと入る。

「ローラン、こんなものしかないけど……」

キースが部屋へ足を踏み入れると、空気が凍り付いた気がした。

(えっ……?)

よく知った研究室で、植物の標本も、乱雑な羊皮紙も、本棚の配置も同じなのに、なじみのない遠い部屋にいるような感覚に陥る。

そこには、凄《すさ》まじい緊張感が漂っていた。

その雰囲気に呑まれて、トレーの上に載せていた香草の茶をキースは倒しそうになる。

「っ、あ……」

どうにかトレーを机に置いた時には、客人らしき巨軀《きょく》の武人がキースの前で膝《ひざ》をついていた。

「ベクラール王に仕える騎士のガルトと申します。キース様、お迎えに参りました」

「なっ……はっ?　な、何言って」

高位にありそうな男に、跪《ひざまず》かれた状況にわけがわからない。

（ベクラールの騎士が俺を迎えに？　キース様？）

ガルトと名乗った男は、キースをじっと見てから、ローランに目をやった。

ローランは驚いた様子はなく、ただ、凍り付いたように無言で、ガルトが困ったように首を横に振る。

「ローラン殿。何も伝えていないのですね？　説明は後でこちらからいたしましょう。今夜、親子の別れをする時間ぐらいはあります」

キースのことを話しているのだろうに、何を言っているのかわからなかった。

そんなガルトの気遣いらしき言葉を聞き、ローランが突然顔を上げる。

「……いいや！　わ、わたしが言う。キースよ……」

「えっ……？　あんた急に……なっ」

ガルトを押しのけたローランが、痛いほどの力でキースの両肩を摑《つか》んだ。

見たことがない激しい形相は、怒りにも悲痛にも見えて、頭の中に焼き付く。

「……あなたは、ベクラール王国の王子だ。ここにいるのは……相応《ふさわ》しくない。本当の父親の下へ……戻りなさい」

「はっ？」

言い聞かせるような口ぶりは——誰に？　己に？

他人行儀な口調は拒絶を感じた。動揺のせいなのかはわからない、キースを拒絶するような言葉選びは、本当にローランから発せられたものなのか。

「っ、そんなわけ——」

いつものローランに戻ってほしくて、キースは無理やり呆《あき》れたような笑顔を作って冗談めかした。

けれど、すぐに背中に衝撃が走る。

ぐいっとローランがキースの肩を押し退《の》けたのだ。素早く背後に回ったガルトの胴へとドンッと身体がぶち当たった。

手をあげられたことも、無視されたことも、拒絶されたことも、一度だってなかったのに……。

暴力的なその行為は、もうキースと暮らす意思がないように思えた。

終わったのだと。

「ガルト殿、手間をおかけした、今すぐキースを連れて行ってくれ……早く！」

もう会いたくないとばかりに、ローランが早口で叫んだ。

「キース様、こちらへ」

ガルトの大きな手が、キースの肩にかかり、引き寄せられる。

自分が王子だとかはどうでもいい！　本当に、これが別れなのか？

ローランにとって、キースはそんな存在だったのか……本当の父親のように慕っていたのに、子のように思われてはいなかったのか⁉

ローランはキースから顔を背け、黙り込んでいる。

「っ、ローラン！　どうしてだよっ、何か言えよっ！　お願いだから、何か俺に……」

キースの叫びに、ローランがびくっと肩を震わせた。

そして、のろのろと口を開くのが見えた。

ゆっくりとふり向いた顔は、互いを認識しているはずなのに、視線だけが合わない。

ローランは、まるで宙に浮かぶ何かを見ているようだった。

「キース……よかったな――」

ざらざらとした声は、羨《うらや》む、呪詛《じゅそ》のような響きで。

「――うらやましいよ」

吐き出すように言い終えると、もうローランは項垂《うなだ》れてキースを見なかった。

目の前にいるのは誰だ？　居たのは誰だ？

優しい養父は幻影だったのか？

強く拒絶された衝撃のままに、キースはガルトと王子への道を進むことになった。

キースがそのままベクラールの城へ連れて行かれて半年を過ぎた頃に、病でローランは亡くなる。

養父から引き離された、たった十二歳のキースは、事実を知る以外は何もできなくて。

義理の親子の生きたままの再会は叶《かな》わなかった。

※　※　※

セナは、自分がどこに立っているか、わからなくなっていた。

ガルトの声に集中していたはずなのに、悪い夢から飛び起きたように、胸がドッドッと高鳴る。

頭をガンッと殴られたように、何もかもの音が消えていた。

今いるのが二度目の生を受けたグレシアズ大陸なのか。

一度目の生での学校の続きなのか。

ローランが、キースに放って傷つけた言葉は、セナが後悔し続けた言葉と同じだった。

「よかったね――うらやましい……」

リュド山の洞窟《どうくつ》に、セナが反芻《はんすう》する微《かす》かな声が響き、やっと立っている場所がわかる。

時を超えて、投げかけた響きが恐ろしい切れ味で胸へと刺さった。

違う、傷ついたのは、セナじゃない。

セナは同じ言葉で、女友達を、酷《ひど》く傷つけた。

相手を思いやったはずの言葉が、とんでもない暴言となり、訂正できずにセナは逃げたのだ。

ガルトの声がやっと耳に届き始める。彼は語り続けていた。

「キース様はその時から励み続けている。幸せになってはいけないと、よかったと思われては駄目で、羨まれるような暮らしに溺《おぼ》れてはならない。もっともっと……知識と経験を身に付けて自分の足だけで立たなければ……立派にならなければ……と」

そんな風に、取るの？

呪いの言葉なんかじゃないのに、ずっと傷ついたままなの？

セナの鼓動がまた速くなる。ガルトは苦し気に首を横に振った。

「ことを急ぎ……強引に引き離しただけで、何もできなかった。その後、キース様は庶出であるにもかかわらず、正統の王子たちが危機感を抱くほどの勤勉さで支持者を増やした。

さらに恨んでもおかしくない俺を、王子の騎士隊長に任命し、戒めとしているのだろう。それが今の俺が心からお仕えする第六王子の姿だ」

ガルトは忠誠心に満ちた顔で、贖罪《しょくざい》のようにキースの過去を語り終えた。

けれど、すぐに彼はいつもの厳しい顔に戻り、ギンッと鋭い視線をセナへ向けた。

「ここへ来ると決めた時、キース様の動揺は激しかった。お仕えしてからあんな様子を見たことなどないっ！　お前を森で見つけた時、嫌な予感はしていた。あの森暮らしも、かいがいしく面倒を見る様子も――すべてがローランを思わせるっ！　俺は忠臣としてお心を守らなければならない」

怒声に対して、セナの口からは冷静な声が出る。

「私が……ローランさんと重なるの？」

「当たり前だっ！　今すでに同じような思いをキース様にさせ、まもなく裏切るだろう！　わかったなら、直ちに去《い》ねっ」

ガルトの怒りは、矛盾していたし、セナのことを勝手に決めつけたものだった。

でも、キースを思いやる気持ちだけは痛いほどに伝わってくる。

彼に心配をかけて悪かった。辛《つら》いことを思い出させて、申し訳ない気持ちに胸が痛むけれど、そのままでは誰の心も進まない。

今セナが消えたところで、キースはローランを思い出したままなのだから。

記憶の蓋《ふた》を開けたら、簡単には塞《ふさ》げない。

目の前にいなくなったから、時間が経ったから忘れたわけではないのだ。

「…………」

黙り込んだセナを訝《いぶか》しげにガルトが見た。

「わかったなら、消えろ」

「できません」

自分でも驚くぐらい、はきはきとした声が出ている。

ガルトは恐ろしいのに、もう脅《おび》える心はない。立ち向かわなければならない、もっと怖いものがあった。

「なっ……貴様っ！」

「私、ガルトさんにどれだけ邪魔されても、キースのところに行かないと……」

覚悟を決めたら、妙にすっきりした気持ちになった。

「キースは、ローランさんに突き放されたと誤解したまま、傷ついたまま、全部の傷に蓋をして隠して生きている」

確信があった。なぜなら、セナも同じだったから……加害者としてだけど。

「お前ごときに何がわかるっ」

怒り心頭に発したガルトに、負けじと立ち向かうようにして、セナは断言した。

「私も大切な友達に同じことを言ってしまったから、わかるの！　絶対に裏切らずにそばにいるし。私だけがキースの呪縛を解くことができる」

おおげさかもしれない……けれど、本当のこと。

一歩も引かないと心に決め、じっとセナはガルトを見つめる。すると、先に目を逸《そ》らしたのはガルトだった。

「……勝手にしろ。案内はしない」

ふっとガルトが力を抜いてくれて、張り詰めていた洞窟内の空気が緩んだ。

「セナ――っ！」

ほぼ同時に、遠くからキースの声がして、セナは背筋が伸びる。

キースがいた。来てくれた。

「っ……キース！」

セナが反射的に叫び返すと、キースの声がこちらに気づいたようなものに変わっていく。

「ちっ、俺は部下を集めに行く」

ガルトが気まずそうに言い放ち、セナの横を通り過ぎるように歩き出す。

きっと、勝手にキースの過去を話してしまったことが気まずいのだろう。

けれど、知ることができてよかった。

「……おい、待て」

ガルトが洞穴の床に手を置き何かをパキンと折る。

セナもよく知った音で、マナ結晶《ギフティア》を採取する響きだった。

（そうか、まだ早朝だからあるんだ……）

どこにでも、マナ結晶《ギフティア》は生まれる。

「照らせ」

ガルトが、マナ結晶《ギフティア》へ封じ込めるように生活魔法を詠唱すると、それは球形の光を放つ魔法道具《マジクラフト》へと変わった。

明かりの魔法道具《マジクラフト》をガルトがセナへ放って寄越す。

「持って行け。まだ暗い、転んでキース様に怪我の手当てをさせるな」

「あっ……ありがとう、ございます」

もう、ガルトはセナを一切見ずに、その場を去っていく。

あんなに怒っていた騎士の魔法道具《マジクラフト》の意匠は、顔に似合わず繊細で、優しい形をしていた。

彼がくれた魔法道具《マジクラフト》を見ていたら、思わず笑みがこぼれてくる。

「セナーっ、いるのかー？」

「は、はいっ！　ここに」

セナがガルトが進んだ方とは反対側へと振り返って、小走りで進むと、すぐに人影が現れる。

「セナ！」

「キース……」

互いに駆け寄り、反射的に手を広げた。

至近距離となり、キースの整った顔が明かりの魔法道具《マジクラフト》にくっきり照らし出される。

「あっ、え、えと……」

ブレーキをかけるようにセナは足を踏ん張った。彼の顔を見て途端に我に返ったのだ。

（私……何をしようとして）

キースの存在を確認した勢いで、抱き付いてしまいそうだったことに気づいて、俯《うつむ》く。

照れが彼へも伝わったのか、引かれ合うようだった速度は落ちて、ぎこちなく対面した。

十センチほどの距離で向き合う。

目の前にいるのは、本当にキースだった。

「あんた！　外泊するなら連絡ぐらいしろっ」

沈黙を破るように、いつもの調子でキースが口を尖《とが》らせる。

さらに、小言はどんどん続く。

「飯は食ったのか？　枕の高さは平気だったか？　寒くなかったか？」

前世で初めて無断外泊していたら、親にこんな感じで怒られるのだろうか。

セナはこくこくと頷《うなず》いた。

「――で、大丈夫だったのかよ？」

核心に触れたようなジトッとした目のキースを、セナは真面目な顔で見る。

「う、うん……紳士的なドラゴンだったよ」

暗に何もされず無事だったことを伝えると、キースが安堵《あんど》したようなため息をついた。

それから、セナとキースは広い洞穴となった岩場で話し込んだ。

キースについていた護衛は、ガルトや他の小隊長を呼びに向かわせて、二人きり。

恐らくは山の中腹だろう場所からは、割れた洞穴の上部から空が見えている。

もうすぐ光は徐々に黄色を帯びてくるだろう。

その輝きが、細いスポットライトのように幾筋も洞穴の割れ目から微かに差し込んで見えた。

ハンカチを敷いた岩にセナは座り、向かい合わせるようにある別の平たい岩へキースが腰かけている。

セナは、言葉を選びながら、これまでのいきさつを語った。

リシュカルが風のドラゴンの王となったこと。

前王のグリエルムは〝滅びろ〟の魔法で亡くなり、セナが代替わりへ導いたこと。

よって、国への脅威は去り、キースがドラゴンを討伐する必要はないこと。

ザナル王国のリシュカルへのかかわり。

セナの存在と魔法について。

どこまで信じてもらえるかわからなかったけれど――。

話し終えると、キースがゆっくりと繰り返した。

「セナが、天属性……ドラゴンを導く詠み手《コーラー》、か……」

彼が真剣な表情で考え込む。信じてくれているみたいだ。

セナの前にいるキースは、いつもの彼だった。

ガルトから聞いていなければ、セナがいなくなって取り乱していたなんて、思えないほどに。

辺りは明るくなってきていた。

ガルトに貰《もら》った明かりの魔法道具《マジクラフト》が燃え尽きかけて、ピカピカと炎が揺れて消えていく。

「これ、セナが作ったのか？　生活魔法、使えるようになったみたいだな」

そのことに気付いたキースが、よかったと目を細める。

「天属性だけで、他の魔法は今までと同じで使えなくて。これはっ――」

ふと気づく。

（ローランさんのこと、話すなら、今だ）

同時に手足と口が引き攣《つ》ったような感覚に陥り、心臓がドクドクする。

ああ、無理だ。駄目だ……。

セナにとって、ドラゴンの王よりも、魔法よりも大切なことなのに、躊躇《ため》いしかない。

こうしてずっと、キースと話していたいぐらい、楽しいのに。

このまま、居心地のよいキースとの空間にいたら、立ち向かおうとした気持ちが消えてなくなりそうだ。

過去のことを言ったら、キースの傷を突いたら、今の関係ではなくなるかもしれない。

前世だって、余計なことを言わなければ、踏み込まなければずっと友達でいられたのだ。

（築いてきた関係が、心地よい距離が、一言で全部崩れてしまう）

経験しているから、痛いほどにわかっている。

しかし、セナは唇を噛《か》みしめて、無言で決意した。目をぎゅっと瞑《つぶ》る。

今言わなければ、いつ伝えるのか？　ガルトに立ち向かった意味は？

——向き合うって、決めたのだから。

セナが目を開けると、心配顔のキースが覗《のぞ》き込んでいた。

「悪い、あんたの魔法を馬鹿にしたわけじゃなくて——」

彼の言葉をさえぎって、セナは口を開く。

「これは、ガルトさんに貰ったの。さっき、キースの前に会って、それでね——全部聞いちゃった。ローランさんのことも」

「っ!?」

セナもつられてビクリとなるほどに、キースに動揺が走った。

眉《まゆ》は吊《つ》り上がり、傷ついて強く結ばれた唇と、潤んだ瞳に気づく。

ああ、こんな風に前世で友人を傷つけて逃げたのだ。今だって逃げ出したい、言葉をなかったことにできるのなら消したい。

でも、もう逃げたりはしない。

誤解をしたままのキースを言葉の呪縛《じゅばく》から解くことができるのは、同じ経験のあるセナだけなのだから。

セナの脳裏にルードファラの森での思い出が広がった。

キースと食事をしたこと、森の恵みを採ったこと、一緒に魚を捕まえたこと。

彼にとって、あの暮らしはローランとの生活そのもので——。

だからあんなにも優しい空気が流れていて、楽しくて、いつまでもそうしていたかったのだと。

「……昔のことだ。あんたには関係ないし、楽しい話でもない」

キースがぎこちなく、誤魔化すような口調になった。

悲しみも衝撃もあるはずなのに、それをセナへぶつけないようにしてくれている。

どこまで、面倒見が良くて優しいのだろう……。

前世からずっと考えてきた。どうやって謝罪したいかを、傷つけてしまったわけを話すチャンスを。

キースは、一つのことを考え続ける力を肯定してくれた。

ただ、ひきこもって後悔しているだけなのに……意味のあることだと教えてくれたのだ。

セナだって、意味を持ちたい。前世から燻《くすぶ》り続けていることの——。

「苦しい話だから、私も誰にも話せなくて、家に閉じこもった」

頭の中に浮かび続けているルードファラの森の魔女の家に、学校と教室が重なっていく。生まれ育った懐かしい森に、前世の景色がノイズのようにザザッと割り込んで、どちらのものかわからなくなる。

ああ、また、誰かを傷つけるのか？

それとも、傷つくのか？

セナは苦悩で顔が歪《ゆが》むのが自分でもわかった。

でも、取り繕ったりはしない。伝わるまでは、向かい合う。

「あんた……俺のこと慰めようとしてるのか？　別に傷ついてもいないし。もう忘れた」

首を振って、彼は何でもないという顔をしてみせる。

しかし、セナにはそれが拒絶のまじったキースの声で、踏み込むなという最後の忠告に思えた。

「私は忘れられない。記憶を小さくして蓋《ふた》をしても、後悔で膨れて、溢《あふ》れ出してくる。なんであんなこと言ってしまったんだろうって」

傷つけるつもりじゃなかったのに、刃物よりも鋭利な言葉となったこと。

刺された傷はきっと消えない、刺した刃《やいば》を持った手も。

忘れようと努力するだけで、時間薬も効かない。

「……セナ、気遣いはありがたいけど、俺は――」

「歩き出しているはずなのに、見えない枷《かせ》にして、引きずっている。あの人はもうこの世界にいないから、言えない」

セナは傷つけてしまった友達を思った。

視界でキースが目を見開くのがわかる。やがて口元が苦しげに歪み、ああもう、戻れないのだと感じる。進むことしかできない。

「……っ！　セナもどうせ離れていく！　勝手に……遠くなって、会えなくなって、いなくなる」

キースの言葉はセナに向けられたものであったけれど、ローランへの叫びにも聞こえた。

セナは勇気を出して、キースの手を取った。

彼の右手と左手を、両手で包むようにして、目を合わせる。

美しい青い瞳は、揺れているように見えた。

拒絶されても離すつもりはない。手を振り払われても、何度だって繋ぎ直す。

「今会えた。もう、遠くもならないし、私は勝手に消えたりもしない。旅に誘ってくれて、魔法書も見せてくれたのはキースだよ。まだその途中だから絶対にそばにいる。誤解があったら、ちゃんと言うし、聞く。だから、怒ってもいいから――聞いて」

「……何言って」

安堵と困惑まじりのキースの手を、セナはぎゅっと握った。

傷をえぐる言葉を唱えるようにはっきりと放つ。

「よかったね――うらやましい……」

「――っ！」

キースの目に浮かんだ焦りの色へ、セナは寄り添うように顔を近づける。

「大切な人に、私も同じことを言ってしまったの。だから、どうしてそんなこと言ってしまったのか、わかる」

ハッとキースの瞳が見開かれ、懇願のような叫びがセナの耳へと届いた。

「……教えて、くれ！」

「呪いの言葉なんかじゃ……ない。意味を考え続けさせるほどなんかじゃない……本当に、たいした気持ちじゃ、なかったんだよ。失敗しただけ……」

無言で真剣に耳を傾けるキースにどこまで伝わるかわからない。

けれど、彼に届けなければならない、理由がある。

今でも、頭の中に焼き付いて離れない光景があった。

予鈴の音も、校舎の匂いも、制服の衣擦《きぬず》れも、全部が鮮明に蘇《よみがえ》ってくる。

前世でセナがひきこもった。どこにでもありそうなきっかけのこと……。

「私は仲のいい女友達四人組にいてね——私と一番よく話す子は、何でも話して聞かせてくれたの。特別に仲良しで、皆に言えないことまで話してくれるのは信頼の証《あかし》だって誇らしかった」

どこからが親友と呼ぶのかわからなかったけれど、こうやって何でも話して親友になるのかなとは、感じていた。

「その子がある日、恋人と別れた。向こうから一方的に連絡を絶たれたって。でもその恋人は、約束を忘れたり怒鳴ったり、酷《ひど》い人だって毎日のようにその子から聞いていたから、私は内心ではホッとしたの……辛《つら》いのに別れられないって話ばかり聞いていたから」

放課後の教室で、机に座ったまま別れたと泣いていたその子と、周りに立って慰めの言葉をかける他の友達の光景は忘れられない。

その時のセナは、やや俯瞰《ふかん》気味に、二歩ほど離れて見ていた。

当たり障りのない言葉で、共感すればよかったと、何度後悔しただろう。

「私は、他の友達とは違う、沢山聞いて知っているから、本当に親身になったいいことを言えたらなって、調子に乗っていた」

それっぽい言葉を無意識に探して、考えていたのは、自分の立ち位置のこと。

親身になって相手を思いやったのではなかった。

――彼氏、悪い人みたいだから、しつこく絡まれなくて……。

「よかったね――」

セナが前置きなく口にした言葉だけ、教室に残ってシンとなった。

あっ……違う。本当によかったという意味ではなく、結果的なことで、そのままの響きではなく！

セナの頭の中は、グルグルと混乱した。

喉《のど》が引きつり、ひゅっとおかしな音を立てて空気が漏れた気がする。

――違う、不幸がよかったんじゃなくて！　ええと……私なんて恋愛経験ゼロだから。

「違っ、だから――うらやましい……」

声が全然自分の声じゃないみたいに、嘘っぽく、ゆっくり聞こえた。

少しも相手を思いやっていないのが、浮き彫りにされた、しらじらしい声で。

信じられないという顔でその子が目を一瞬見開き、ぼろぼろと大粒の涙を零《こぼ》した。

他の女友達の冷ややかな視線が、蔑《さげす》むようにセナへ刺さる。

「っ……ごめ……っ」

到底謝りきれるものではない気がして、セナは逃げるように教室から飛び出す。

傷つけた。ただ、傷つけた。

その後、謝ることは叶《かな》わずに、セナは事故にあって転生をしたのだ。


キースの長い睫毛《まつげ》が震えた気がした。

「上手《うま》いことを、相応《ふさわ》しいことを言おうとして、失敗した。動揺して、さらに失言した。本当にそれだけなの。きっと、ローランさんも同じ。蔑みや呪いの言葉なんかじゃない。偶然それが、別れの言葉になってしまっただけ……」

ローランと口にすると、キースの瞳がゆっくりと開く。

その瞳は、セナを通して、この場にいない養父の幻を見ているみたいに、穏やかだった。

ローランのその時の気持ちと後悔が、セナには痛いほどわかる。

「理解のある親でいたくて、でも身を引き裂かれるほどに別れが辛くて、どう送り出していいのかわからなかったんだよ！　キースが大事だから、考えて、混乱して、完璧《かんぺき》な親を演じられなくて、取り乱しちゃっただけ」

引き離されずにいれば、逃げずにいれば、二人は笑って元に戻れただろう。

「一緒に森で暮らしたローランさんは、いつもそんな人だったでしょう」

どこまでキースに通じるかわからない。

セナの後悔にまみれた贖罪《しょくざい》の言葉は届かないかもしれないけれど、キースに嫌われても、引かれても、元に戻れなくても言いたかった。謝りたかった。

セナが傷つけた彼女にはもう、謝っても謝っても、遅すぎて届かない。

「傷つけてごめんなさい……！　ごめんなさい……大好きだった。もっとずっと話していたかった」

泣いてはいけないと気を強く持っても、目が堪《こら》えきれないほど熱かった。

キッと見開いて力を入れて、身体ごと踏ん張る。

そんなセナの頭に、ポンと手が置かれた。

至近距離で、憑《つ》き物の落ちたような顔のキースが、いつもよりも茶化した雰囲気がなく、真面目な口調で笑いかけてくる。

「………ああ。ローランはさ。あの時、俺を笑顔で送り出したかったんだと思う。王様の子だったんだぞ、おまえの未来は何でもできる！　よかったなーって……豪華な暮らし、うらやましいなーって……がらにもなく、口下手なくせに……俺を盛り上げて、励まそうとしたんだ。辛くない別れを演出しようとした」

伝わった……通じた。

セナの心に安堵《あんど》の波が押し寄せてさらわれそうになる。

「セナも、友達にさ。もっと辛い思いになる前でよかったとか、あー私も恋人が欲しかったなって……伝えたかったんだよな」

もう、涙は堪えきれなかった。

「っ……ごめ……んなさ……ごめんな……さい……」

こんなにも遅い謝罪なのに、堰《せき》を切ったように頬を雫《しずく》が伝う。

そんな資格なんかないのに、傷つけたのに、伝わったことが嬉《うれ》しくて。

すると、困ったような表情のキースに、ぎゅっと抱きしめられた。

「あんたって……わかった。わかったから——っ……」

温《ぬく》もりと、照れで、あっという間にセナの涙がひっこむ。

そんな耳に、キースの優しい声が届いた。

「セナが代わりに謝ってくれたから、ローランのこと、とっくに赦《ゆる》してたけど、辛い記憶は綺麗《きれい》さっぱり忘れた。あんたの友達のことも、俺が赦すし、友人の代わりにずっとそばで話してやる」

「わ、私のことは……別に……」

キースの誤解をどうにかしたくて、勝手に首を突っ込んだだけなのに、セナまで慰められてしまう。

セナが頬を触れさせているキースの心臓が、トクントクンと脈打っているのを感じた。

やっとそれで、終わったのだ、謝罪できたのだと実感が湧く。

「いいから、そばに居ろよ。あんたから得られることが……早速あった、俺はその手の勘に自信がある」

お城に行った時も、キースはそんなことを言っていた。

セナも今ならそれがわかる。

あの日、街から旅立つことにしたのは、キースのそばにいることが最良だと思って、いたいと感じたから。

二度目の人生もひきこもっていたのは、キースの呪縛《じゅばく》を解き、自分の言葉の呪いも解くためだったのかもしれない。

リシュカルを懐かしみ、リュド山を下りる時にチクリと感じた胸の痛みは消えていた。

今のセナは、とても満たされている。欠けた心など、もうない。

それはきっと、キースが導いてくれたから。

「私も……キースから、得られることばかりだよ」

照れ笑いをして、もぞっと動くと、キースが頬を染めながらセナを見る。

「っ、どうも今日は、生意気だな。帰ったら、味噌《みそ》汁作ってやるから、下山するぞ」

「具は、キノコと薄く切ったお肉がいいな」

キースの作ってくれるものなら、何でも美味《おい》しいに違いなかったけれど、ついリクエストが口から零れた。

何の躊躇《ちゅうちょ》もなく、自然体で、微笑みながら。

「ったく、調子に乗るな」

やれやれと片目を閉じたキースから、いつもの調子で了承が返ってくる。

山を下りよう。自分の意思で。

セナはまだ、キースとの旅の途中なのだから……。

七章　救出の王子、混乱のリシュカル

リシュカルは見晴らしの良い神殿の屋根で、夜が明けるまで空を舞うベールをずっと見ていた。しかし、不意に飛び上がると自分の手の中に戻す。

セナが山頂近くから離れたことを感じたからだ。

何年後か、明日か、それはわからないが、いつかまた出会えるだろう。運命は裏切らないのだから、心配することなど何一つない。

「リシュカル様！　リシュカル様っ！」

神殿の中から、自分に向かって呼び掛けてくる者がいる。

ここにいる人間は、ザナルの者しかいない。まったく騒がしいものだ。

リシュカルは、セナとの思い出を枕にこれから長い眠りにつこうと思っていた。そうすれば、彼女に再び会える日も近くなるだろう。

ザナルの者たちも必要なくなるので、リュド山から帰そうと思っていた。この調子で、眠っている時に騒がれては堪《たま》らない。

「ビャーネ、オブラソワ……」

仕方なく、リシュカルは二人の前に降り立つ。

「リシュカル様！　花嫁が逃げましたぞ！」

慌てた様子で、ビャーネが必要のないことを騒ぎ立てる。

「わしがちょいと目を離した隙に、油断ならん娘です！」

「今度は鍵《かぎ》のかかる部屋へと押し込めましょう。ベクラールの者などそれで充分にございます！」

セナを閉じ込めるなど、なんて馬鹿げたことを彼らは言っているのだろう。そんなことをすれば、彼女の心は離れていくばかりだ。

なぜ、わからない。同じ人間だというのに。

「ささ、また爪で引っ掛けてお迎えに」

「騒ぐな。知っている。わたしが行かせた。急《せ》かさずにセナの意思を尊重した」

風の王たる自分の許しがなければ、リュド山を出入りできるわけがないのに、なぜか二人はリシュカルがセナを行かせたことに驚いていた。

「おおおっ！　なんたること、あんな小娘ごとき、ねじ伏せ、従わせてしまえばいいのです。逃げ場がなくなれば、心などあとからついてきましょう」

ビャーネの言葉に首を傾げる。彼は矛盾している。

「……なぜ？　人の女性の心は、繊細で、奪ってはならないと前にあなたは言った。一度憎悪を抱けば、許されることは難しいと。わたしはセナに嫌われたくない」

だからこそ、リシュカルはセナに無理強いしなかった。

気持ちを示し、巣を見せ、待つと伝えた。

「せっかく、さらってきた者を逃がす必要はありませぬ！　花嫁にしてしまうことが先決でございましょう！」

「わたしは、自ら気持ちを向けてもらいたい」

運命を急かすことなど必要ない。自分にとって、待つことは苦痛ではないのだから。

なぜ、それが彼らにはわからないのだろうか。

「生ぬるいことをっ！　そんな理由で逃してしまうなど！　我々の苦労は——」

騒ぐなと命じたのに、ビャーネはさらにまくし立ててくる。

眠るつもりだったのが、これでは騒がしくてかなわない。

彼らの意見に一貫性はなく、感情に左右されているように見える。やはりザナルの者との関係は考え直すべきなのかもしれない。

「大切なのはセナの心。わたしの想いは伝えた。あとは彼女がゆっくりと決めることだ」

ひとまず話は終わりだと彼らに背を向け、歩き出す。

「っ……！　風のドラゴンの王に申し上げる!!　人について教えたことは、我々ザナル王国の者に対してのみ当てはまること」

跪《ひざまず》いて告げたビャーネの言葉に、リシュカルは足を止めた。

今更、何を言っているのだろうか。

「ベクラールの小娘の心など待っていたところで、移り変わって、すっかりリシュカル様のことを忘れてしまいます！」

ハッとして、目を見開いた。

国によって、生まれによって、人間も違う。

セナにもそれが当てはまるということだろうか。そして、自分のことを――。

「わたしを……忘れる……？」

「そうでございます！　人など薄情な生き物。すぐに裏切り、恩を忘れ、リシュカル様を嫌いになりますぞ！」

ビャーネの言葉が鎖のように自分の心を縛り、締めつけてくる。

「セナが、わたしを……嫌いになる……？」

導きの詠み手《コーラー》を、どれだけ想い続けていただろう。

そんな者が本当にいるのか。いつ現れるのか。

どんな者なのか。どんな話をしようか。自分を恐れないだろうか。

仲良くしてもらえるだろうか。

いつしか、出会えることを楽しみにしていた。それを糧に生きてきた。

(なのに……待っていると言ったのに……わたしを忘れて……嫌いになる……)

「いけない。なぜ? なぜ?」

怒りと恐れに我が身が支配されていく。

このままだと、人間の姿を保っていることさえ、できなく……なる。

「ですから、さっさと連れ――」

「なぜだ――!」

心の叫びとともに、リシュカルは人の姿を失った。

そして、心もなくす。あるのは、内にある力が抑えきれなくなって生まれた破壊衝動だけだ。

「ああっ、リシュカル様!」

何か騒いでいる生き物を、リシュカルはギロリとその燃えるように赤い瞳《ひとみ》で睨《にら》んだ。

「おっ、お心を鎮め下さい。我々は味方です!」

（うるさい！）

小さな生き物に向かって、尾を振る。

勢いあまって、そのすぐ後ろの壁を崩した。

「リシュカル様は、安定されたはずでは……！」

「わ、わっ……我をお忘れになった！　退避ーっ」

小さな生き物は逃げ回る。それに向かって尾を振ったが、どうにも小さすぎて捕えることができない。

（いらつく……ならば、この山ごと壊してやる）

「グォォォォ！」

咆哮《ほうこう》を上げると、リシュカルは力の限り暴れ回った。

すべてを壊す力をもって、すべてを壊すほどの感情で――。

風音だけが響いていたリュド山は、ゴゴゴゴと崩れる音で溢《あふ》れた。

※　※　※

天井から聞こえてきた音に、セナはキースと顔を見合わせた。そこでお互いの距離が近いことに気づき、パッと離れる。

「な、何……？」

「上からか？」

岩から響いてくるズンという音に続いて、パラパラと洞窟《どうくつ》の天井から小石が落ちてくる。

二人して見上げると、再び音がして洞窟全体が震えた。

「キース様、セナさん、捜しましたよー！」

すると、洞窟の奥からヨルマが現れ、二人の下に駆け寄ってくる。その後ろにはガルトとティベリオの姿もあった。

「ヨルマさん、ティベリオさん、ご心配かけました。ガルトさんも」

セナはまず二人にぺこっと頭を下げ、続いてガルトに向けてもう一度お辞儀した。

二人には心配させてしまった詫《わ》びを、ガルトには無事キースに言えた、という意味だった。

「そんなことより早くここを離れましょう」

「何か見えるのか？」

キースの問いに、ティベリオが頷《うなず》く。

「風の精霊たちの様子がおかしいのです。とても騒がしい、怒っているかのように」

ティベリオは希少な魔法使いなので、精霊が見えているようだ。

彼の目には、この洞窟がどんな風に映っているのだろう。

「わかった、すぐに地上へ戻るぞ」

キースの号令で麓《ふもと》への道を進もうとした時だった。

「うわあああっ！」

「ひいいっ！」

頂上への道の方から、悲鳴とともに誰かがこちらに来る足音が聞こえてくる。

緊張が走り、騎士たちがそれぞれの武器を構えた。

「おおおっ！　花嫁様がいたぞ」

現れたのはザナルの民ビャーネとオブラソワだった。取り乱した様子で、セナを見るなり手を伸ばして来る。

それをキースが素早く手刀で打ち落とし、セナをかばうように背に隠した。

「おまえらザナルの者か。いいか、セナは風のドラゴンの花嫁じゃない」

キースは、服装から彼らがリシュカルのところにいたザナル人だと気づいたのだろう。

強めの口調で彼らを睨みつける。

「では、誰がリシュカル様の花嫁になられる？」

「知るかっ！」

ばっさり斬り捨てると、キースがセナの方を向く。

「結婚相手は強制されるもんじゃないから。あんたが好きな奴と結ばれればいい」

「う、うん……」

キースの言葉に頷くも、ザナルの二人がそんなことで引き下がるわけもなかった。

「とにかく今はお戻りを、セナ様！　鎮める術《すべ》が今、他にはないのです」

「……鎮める？」

その言葉に嫌な予感がする。もしかして、この音は――。

結論に達する前に、激しい振動が皆を襲う。

洞窟全体が揺れ、膝《ひざ》をつきそうになって何とか踏み止《とど》まる。

凄《すさ》まじい音を立て、洞窟の天井を崩壊させ、飛来しながらそれはセナたちの前に降り立った。

「グォオオ――」

耳を塞《ふさ》ぎたくなるほどの凄まじい咆哮が、洞窟内に響き渡る。

「リシュ……カル？」

白く光る鱗《うろこ》が朝日を弾《はじ》く。

それは紛れもなく、ドラゴンの姿となったリシュカルだった。

怒りの籠《こ》もった目は、セナを見つめている。あんなにも穏やかで優しかったのに、何が彼をこうしてしまったのだろう。

「ガアアアアアッ！」

リシュカルは、狭い洞窟内でその身体を振り回した。凄まじい風と衝撃が起こり、全員が吹き飛ばされ壁に叩《たた》きつけられる。

「ぐっ……」

セナも岩肌に背中を打ち付けられた。

（どうして、突然……それに……私のこともわかっていない？）

リシュカルの瞳は、完全に正気を失っているように見える。

優しく笑う彼の面影はまったくない。

「キース様をお守りしろ！」

ガルトが真っ先に起き上がり、主《あるじ》の下に駆けよろうとする。

しかし、キースはそれを手で制した。

「……よう。リシュカルだっけ？」

よろっと立ち上がると、彼は一人リシュカルへと近づいていった。

「情緒不安定な男に、セナは嫁に出せないな。こいつ、かなり繊細なんで！」

キースは剣を抜くと、その切っ先をリシュカルに向ける。

「セナの世話は俺で足りてるからな！　他を当たれ！」

「グルルル……」

リシュカルが低く呻《うめ》くと、首を上げて息を吸い込み始めた。

「ブレスだ！」

ガルトが叫び、皆が一斉に動き出す。彼らは騎士隊ということもあって、全員がすぐさまそれぞれの役目に動いた。

キースの前にガルトが立ちふさがり、ティベリオがさらに前に出て魔法の障壁を張る。

「ゴォォォォォ」

リシュカルが吸い込んだブレスを吐くと、渦を巻く風の刃《やいば》が三人を襲った。

何とかティベリオが持ちこたえるも、障壁の外の地面や壁に無数の傷ができ、その威力を物語る。

「セナは!?」

「任せてください！」

ヨルマがキースの声に応《こた》えながら、セナを肩に抱き上げた。そのまま洞窟の壁を鹿のようにぴょんぴょんと飛んで登っていく。

上部にある横穴を見つけると、彼はそこに入り込んだ。

「逃げてばっかじゃらちがあきませんけど、攻撃してもいいですかー？」

「……話してわかる相手じゃなさそうだ」

ヨルマの問いに、セナが呟《つぶや》く。

「あっ……リシュカルは王様になったばっかりで、まだ安定していないのかも！」

ふとリシュカルが言っていたことをセナは思い出した。

「あんたに逃げられてご乱心ってことか。だったら、さっさと正気に戻ってもらおう！」

キースはリシュカルに向かって手を掲げると、詠唱を始めた。

「玉となりし水よ、散れ！　思うがままに——」

手に集まってきた水が、リシュカル目掛けて飛び、弾いていく。

「ギャァァァァ！」

「おぉぉぉ——っ！」

キースの魔法が合図となって、騎士たちが一斉にリシュカルへと斬りかかった。

ブレスを吐くには溜《た》めが必要なのか、強い反撃はいまのところない。逆にリシュカルが一方的にやられているようにさえ見える。

「平気、平気。現役のドラゴンの王なんて何食らっても、まともに効かないし」

「これ、大丈夫なの？」

不安の声を上げるセナを、ヨルマが肩から安全な横穴に下ろす。

「さーて」

ヨルマは肩を回しながらリシュカルの方へ向かうと、自らも詠唱を始めた。

「僕の足よ、決して倒れない土となれ。僕の腕よ、すべてを受けとめる山となれ。母なる大地、力を貸して！」

地面から伸びた魔法の渦が、ヨルマの身体を覆っていく。

大地の強化魔法だ。だから、セナのことを抱えても、軽々と洞窟の壁を飛び上がれたのだろう。

「矢よ、何よりも硬く鋭い金剛石となれ。母なる大地、力を貸して！」

さらに持っていた弓矢を構えると、それ自体にも強化を掛けていく。

「いくら頑丈でも、目に当たったら、痛いっしょ！」

リシュカルの瞳《ひとみ》に向かって、ヨルマが矢を放った。

「んなっ！　まじ？」

矢は吸い込まれるようにリシュカルの片目へ突き刺さるも、痛がる様子はない。

「オォォォォォ！」

咆哮《ほうこう》を上げると、今度はブレスと尾での攻撃を同時に放ってくる。

「ぐっ……」

ガルトは大剣で尾の攻撃を何とか受け流すも、二度のブレスでティベリオの障壁にひびが入る。そのせいで風の刃が結界内に侵入して、キースを襲った。

「ハァッ！」

思わず目を覆いそうになるも、キースは飛んできた風の刃を剣でなぎ払って避《よ》けた。

「セナ！　あいつ滅ぼせないのか？」

「無理っ！」

セナに滅ぼせるのは老いたドラゴンだけで、今のリシュカルには〝滅びろ〟が通じる気がしない。

「このっ……ちょっとくらいひるんでよ！」

「グォォ！」

その時、短い咆哮が聞こえる。牽制《けんせい》も兼ねて弓を連射していたヨルマを、リシュカルの大きな爪が襲った。

「ぐっ、はっ……」

「ヨルマさん！」

強化した身体で防ごうとするも、横穴の奥まで吹き飛ばされる。怪我は命にかかわりそうではないけれど、これ以上動くのは厳しそうだ。

（……私にも……私にもできることは）

安全なところに一人隠れている場合ではない。必死にセナは辺りを見渡すと、洞窟《どうくつ》の天井で視線を止めた。

真ん中にはリシュカルが来る時に壊した裂けた穴が開いていて、その周囲にはつらら状の尖《とが》った鍾乳石《しょうにゅうせき》が垂れ下がっている。

ドラゴンの姿のリシュカルの身体は大きく、あれを落とせばまず当たるだろう。

セナは、慎重に狙いを鍾乳石の根元に定めた。鍾乳石自体を爆破してしまっては、威力が半減してしまう。

（できるかわからないけれど、やるしかない）

「爆《は》ぜろ！」

祈るように詠唱する。

すると、目標通り、根元が爆発し、つらら状の鍾乳石が落下した。

しかし、それは巨大なドラゴンからしたら小石が当たっただけのようなもので、動きを止めることさえできない。

「セナ、何やって……そんな小さな落石で効くわけない。危ないから――」

（もっと、大きな岩なら……）

キースが何やら叫んでいるけれど、セナには途中から聞こえていない。リシュカルを止めることに、全神経を集中していた。

（ううん、いっそ天井――全部を……）

セナは首を横に振ると、視野を一気に広げた。

鍾乳石を落とすぐらいでは、リシュカルは痛くも痒《かゆ》くもない。だったら、頭上にある洞窟の天井全部を落とすしかない。

そんな大規模なことが自分の魔法でできるのかは、わからない。

けれど、このまま見ているだけではキースたちの命が危ないし、正気を失ったリシュカルも元に戻してあげたかった。

人を学び、理解しようとしていた彼は、意味もなく人を襲うようなドラゴンではないはずだ。何があったのかはわからないけれど、どこかですれ違ってしまっただけだと思う。

キースとローラン、自分と前世の友達のような。

（詠唱略《コール》じゃなくて、通常詠唱《シング》にしたら威力が跳ね上がるはず）

一度も試したことはなかったけれど、セナは〝滅びろ〟の通常詠唱《シング》を試みようと考えた。センスはないけれど、ぶっつけ本番で完成させるしかない。

(私の属性は——もうわかる。天の魔法、今までわからなくて、ごめん。こんな時が初めてだけど、聞こえているなら力を貸して)

「——ナ！　セナ！　下がれ、危ない！」

気づけば、心配したキースがすぐ側にいる。

それでもセナはリシュカルの方へと一歩踏み出した。

「セナ、あんた何を——」

「……言い忘れてた」

そこで不意にキースに言わなきゃいけないことを思い出し、彼の方を振り返る。

「捜しに来てくれて、ありがとう」

「……っ、なに吹っ切れてんだよ！」

キースは何か感じ取ったのだろう。

今度は止めるのではなく、彼も一歩前に出て、セナの隣に立つ。

「……俺に、手伝えることあるか？」

「じゃあ少しだけ、背中を押してほしい」

本当は怖かった。失敗するのが、とても恐ろしい。今まで成功したことなんて、一度もないのだから、失敗する可能性の方がうんと高いだろう。

けれど、キースがいてくれれば、もしかするとできるかもと思えた。

ずっと籠《こ》もっていた家から、彼は簡単に自分を連れ出してくれたから。

いつも一歩出る勇気をくれたから。

今回も自分に力をくれる気がする。

「任せろ！　謎属性改め、天の魔法。見せてやれよ」

キースはセナの左手を摑《つか》むと、さらにもう一方の手で背中に軽く触れてくれた。

気のせいか、身体に力がみなぎり、神経が研ぎ澄まされていく。

セナはゆっくりと洞窟の天井に向かって、手のひらを向けた。

「天の魔法って、こんな感じ……」

もう言葉は怖くない、味方だ。

前世から恐れていた言葉、けれど、口にしなければ何も始まらない。

ひきこもっていても、世界は変わらない。

何も言わずに失う方がもっと怖いのだ。

後悔したから、わかる。もう機会を逃さない。

（思いを伝えることができるのは言葉……大事な言葉）

自分の中から、自分の言葉を紡ぎ出す。

「精霊を想像しろ。すぐ隣で興味津々にセナを見ているはずだ」

隣に立つキースが囁《ささや》いて、助けてくれる。

彼の気遣いに感謝すると、すうっと大きく息を吸って詠唱を始めた。

苦手だった言葉が、心の底から湧き起こってくる。


「――遠くて近い天から来るものよ」

辺りが静かになっていく。何も聞こえなくなる。

感じるのは、キースの温《ぬく》もりだけ。

「何ものにもなれる七つの煌《きら》めき、集いてさらなる力となれ」

すると、指先に光が集まるような気がして、熱くなっていく。

セナの呼びかけに応《こた》えた力が、たっぷりと揺らめきながら湛《たた》えられる。

今まで、知らないままに、雑な詠唱をしていて、ごめん。

精霊がいるのなら、力を貸してほしい。

「よく知る世界に揺蕩《たゆた》うは、穏やかで、至福の時。けれど、それは少し退屈」

言葉を、想いを、力にする。

もう、恐れない。

十八年と少し、秘め続けた気持ちだけでは、外で生きていけないから。

キースと歩き始めているのだから、居心地のよすぎる場所からは、卒業しなければならない。

キースといたいから。

「壊したい。なくなれ。道をあけて」

必要だったのは、セナの成長と自信だった。

だからもう、間違いが怖いからなんて隠れない。

違ったら、その場で正せばいいのだ。

まとわりつく殻も、障害となるものも、全部、ぜんぶ！


（あっ……!?）

その時、セナの視界にヒュッと動くものが現れる。

（これって……精霊たち!?　私にも見えた――）

翼の生えた子供のような姿をした透明の存在がたくさん周囲を飛んでいて、協力してくれるのか、次第にセナの周りへと集まってきた。

王の乱心を止めたいと思う風の精霊が、力を貸そうとしてくれているのだろうか。

その神秘的な光景を見ながら、セナは詠唱を完成させた。

リシュカルに視線をフッと向ける。


「若き王を目覚めさせるため――」

そして、最後は、前世からいつも呟《つぶや》いて慣れたあの言葉を口にする。
声の限り――。

「爆ぜろ！」

唱え終わった瞬間、辺りは静まり返る。そして、ドラゴンの咆哮《ほうこう》よりも大きな、凄《すさ》まじい爆発音が天井から鳴り響いた。

「グァァァァァ！」

辺り一帯の天井が爆発し、リシュカルに無数の岩片が降り注いだ。

一つ一つが彼の爪ぐらいの大きさがあるので、硬い鱗《うろこ》に覆われたドラゴンであってもひとたまりもない。

そして、最後に残った大きな岩盤の塊がリシュカルの頭目掛けて落ちた。

「で……できた……」

驚きで誰も声を上げられずにいる中、セナが呟く。

天井がさらに大きく開いて、眩《まぶ》しいほどの光が洞窟内を照らす。

「ねぇ、見た、キース？　でき――」

喜びを分かち合おうとして、手を握ったままだったことに気づいた。

「ごめんっ、いつまでも」

「いやっ、別に俺のほうこそっ……」

パッと手を離すけれど、距離はそのままでいる。

すると、リシュカルの頭があった辺りの瓦礫《がれき》が崩れ始め、一度和んだ雰囲気がまた緊張する。

「は、あっ……うっ……」

様子をうかがっていると、岩の間からドラゴンの頭だけが飛び出す。

(これでも正気に戻らないなら……)

逃げるしかないと思ったけれど、ドラゴンは風に包まれ、ふわりと人の姿になった。

「……あぁ、わたしとしたことが」

ぼろぼろのリシュカルが膝《ひざ》をついて現れ、ふらつきながら立ち上がった。

その顔には怒りではなく、後悔の念が見られる。

「よかった。戻ったんだ……」

騎士たちは警戒したままだったけれど、セナは安堵《あんど》した。

彼の目は、もう一つの感情に囚《とら》われてはいない。自分が暴れたことに戸惑い、そして申し訳なさそうにセナを見ている。

「セナ、すみませんでした。もう……大丈夫、です」

リシュカルは他の人など見えていないかのように、セナへと近づいてきた。

無視されたのは少し不満そうだったけれど、キースも警戒を解いて、様子を見守ってくれている。

「セナ、わたしを嫌になってしまいましたか……？」

切なそうな顔でリシュカルがおそるおそる尋ねてくる。あれほど強大な力を持っていたのに、その様子を見ていると何だか拍子抜けしてしまう。

セナは首を横に振って、微笑んでみせた。

「もう我を忘れて暴れないなら、なってないです」

「……よかった」

ほっとしたようにリシュカルが微笑む。

いつもの優しい笑みが彼の顔に戻った。そして、真剣な顔でセナをじっと見る。

「二度と貴女《あなた》を傷つけたりしません」

誓うように、リシュカルがセナの目の前へすっと跪《ひざまず》く。

今までそんなことをされたことがないので焦る。けれど、セナからも彼に言うべきことを思い出した。

「リシュカル、黙って逃げてごめん。私はあなたの花嫁になれない」

彼には、最初からきちんと話してから神殿を出てくるべきだった。

黙って来るべきではなかった。ザナルの人たちが彼に何か言ったのかもしれないけれど、原因は間違いなく自分にある。

はっきりと言わなくてはいけない。

「今は、キースについて行きたい。学ぶこと、知りたいことがもっとあるの」

「……キース？」

リシュカルがセナの視線を追って、初めてキースの顔を見る。

「なんだよ？」

「あぁ……あの詠唱をさせた力は……」

キースを見ながら、リシュカルが何かを呟いた。

そして、妙に納得したように落ち着いた顔でセナを見る。

「……いいでしょう、セナ。貴女の幸せがわたしの望む形なのですから。今はこのキースという者にとのことですし」

再びセナを見て、無垢《むく》の笑みを浮かべた。

「えっ……あっ、わ、それは……」

「気が変わったら、リュド山へ来てください。巣をより良い形にしておきます」

どう返答して良いのか困っていると、洞窟《どうくつ》の端からガラガラと岩が崩れる音が聞こえてきた。這《は》い出てきたのは、何とか小さな横穴に入って瓦礫を避けたザナルの二人だ。

「リシュカル様！　またそんな、甘いことをっ！」

「ベクラールの者ですぞ、信用なりません、この場で皆、血祭りにっ、さ さっ！」

かなり物騒なことを口走っていることに、他の者たちは呆《あき》れるしかない。

「……リシュカル。学ぶ奴、代えたほうがいいんじゃないのか？」

キースの提言に、リシュカルがふふっと笑う。

「彼らからもきっとまだ学ぶことがあります……これが人というものでしょう？」

そう逆に問い掛けたリシュカルを、キースが無言でしばらく見つめる。

「ふんっ、帰るぞ」

二人とも互いに背を向けるとそれ以上何も言わず、反対方向に歩き出す。

「待って！　キース！」

セナはもちろん、キースの背中を追いかけた。

エピローグ　手を取り合った先にある幸福

リシュカルを何とか正気に戻すことに成功したセナは、キースと彼を護衛するアティラ騎士隊と共に、ベクラール城への帰還の途に就いていた。

ドラゴンとの戦いは負傷者も出るほど激しいものだったので、皆疲れていたけれど、その表情は一様に明るい。

それは城への襲撃で絶望的だった状況が、風のドラゴンの代替わりがたいした被害もなく終わったとわかったからだ。

風のドラゴン王が見せたセナへの従順な態度に、誰もが胸を撫《な》で下ろしていた。

「今日はここで野営にしよう」

リュド山を出て、森の中を行軍していたところで、キースがガルトに命じた。密集する木々の中でその辺り一帯だけ、自然と朽ちたか落雷で焼けたかして広場になっていて、先ほど小川も渡ってきたばかりでここなら水の備えも充分にある。

「お言葉ですが、まだ休むには早いかと。このぐらいのこと、我らは何ともありません。

そこの女はどうか知りませんが」

じろりとガルトがこちらを見る。

セナは、マネンの街を出る時は歩きだったけれど、今は馬に乗せてもらっていた。

ガルトからは、行軍速度が遅れるからと怖い顔で言われたけれど、明らかに態度が軟化した気がする。以前なら、遅れるな、歩けと冷たく言われていただろう。

他の騎士たちに至ってはもっとわかりやすく、疲れていないか、痛いところはないかと、何かにつけて心配してくれるようになった。

セナが風の王リシュカルに気に入られていることもあっただろうけれど、一緒に戦ったことで認められ、仲間意識みたいなものが生まれたのもあると思う。

「みんなドラゴンと戦って疲れているだろ」

「確かにそうではありますが……」

今回の戦いでヨルマをはじめ、負傷者も数人だが出た。

あれほど絶対的な存在であるドラゴンとの戦いで、死者が出なかっただけすごいのだと思う。

アティラ騎士隊は皆の強さもさることながら、素早い連係を行うことができる隊としての強さがある。

「みんな、俺の我儘《わがまま》に付き合ってもらったんだ。少しぐらいはねぎらいたい」

「はっ、御心のままに」

ガルトが行軍を止めると、素早く野営の指示をする。森に囲まれた平地に大幕が幾つも立てられ、たき火の煙があちこちから上がった。

同時進行で、数人ずつのグループが水汲《みずく》みと食材の確保に野営地を出て行く。

手伝いを申し出ようかと思ったけれど、騎士たちのキビキビと動く様子を見ていたら、足手まといのような気がして、やめておくことにした。

その代わり、調理担当を名乗り出る。

こう見えても、引き籠《こ》もっていたので、炊事は得意だ。

「今回、あんたは一番の功労者だから、ゆっくりしてていいんだぞ」

「そういうわけにはいかないよ、キース」

眠らずにリュド山から逃げ出した上に、初めての完成された魔法詠唱でセナも消耗しているはずだったけれど、興奮したままなのか疲れを感じない。

「じゃあ、俺の言う通り、食材の下ごしらえを頼むな」

「えっと……もしかしてキースが作るの？」

彼はエプロン代わりの布を腰に巻き、手にはお玉を持って大鍋《おおなべ》の前で立っている。似合い過ぎてまったく違和感がないけれど、王子が調理係なんて普通考えられない。

「城だと、使用人の目を盗んで作らないといけないからな。行軍の時はたまに、俺が作ってる」

騎士たちは慣れてしまったのだろう。

周りの者たちは調理姿のキースを、まったく気にしていない。もともと携帯していたり、森で採取したりしてきた食材を次々と持ってきては、テキパキと指示をもらっている。

「ほら、手が止まってっぞ。自分でやるって言ったんだろ？」

「ご、ごめん」

他の騎士隊のことなんて知らないけれど、キースのアティラ騎士隊はだいぶ主と距離が近いみたいだ。

だからこそ、連帯感が生まれているのかもしれない。

キースに次々指示されて、野菜やキノコなどを刻んでいく。

日が沈み始める頃には、野営地に美味《おい》しい香りが漂い始めた。

野営の準備が完全に終わったところで、持ってきていた貴重な酒が騎士たちに配られる。

そして、キースが杯を手にみんなの前へ進み出た。

「今日はご苦労だった。みんなのおかげで、無事さらわれたセナをみつけ、ついでにドラゴンの代替わりが終わったことを確認できた」

聞いていた者たちから「おぉー」と歓声が上がる。

セナは周りに向かって、ぺこぺこと頭を下げた。

「今回の出撃、納得がいかなかった者も多かっただろう。危険に巻き込んですまなかった。だが、俺が必要と思ってのことだ、許してほしい」

キースが頭を下げると、みんなが申し訳なさそうに首を横に振る。

「これで、少しはみんなの苦労に報いることができそうだしな」

今度はまた「やった！」「キース様！」などと喜びの声が上がる。

「城についたら改めて労《ねぎら》いの場を設けようと思っているが、ひとまずここで祝杯を上げて、喜びを分かち合おう」

一斉にみんな杯を掲げたので、セナも遅れて葡萄《ぶどう》水の入ったものを持ち上げる。

「皆の無事に！　アティラ騎士隊に栄光を！」

全員がキースの言葉を繰り返すと、酒に口をつける。あちこちでキーンと杯を合わせる音が響き、一気に場が騒がしくなった。

「迷惑をかけると思うけど、今後もよろしく頼むな」

キースが騎士の一人一人に声を掛け、杯を交わしているのを、遠くからぼんやりと見つめていた。

いつもセナの前では世話焼きのオカンだけれど、こうしたところを見ると、きちんとみんなに慕われる王子なんだと感じる。

養父であるローランは悲しい出来事の末に離れてしまい、キースは様々なものを失ったかもしれないけれど、きちんとここに自分の新しい居場所を作っていた。

ガルトを始めとする信頼できる、心配してくれる多くの仲間がいる。

(私も……できるかな?)

たった一つの居場所にしがみつくことなんてない。

居場所は自分で作ることもできる。そんなことを教えてくれる光景だった。

できれば、キースたちの輪に加えてほしいと思ってしまうのは、贅沢《ぜいたく》だろうか。

魔法はまだまだだし、騎士でもないわけで、どうしたら良いのか、どういう立場になれば良いのか、わからないけれど……。

「しけた面をしているな」

いきなり失礼なことを言われ、不満げに声のした方を見るとガルトが立っていた。

みんなが盛り上がっている中でわざわざセナに声を掛けてくるなんて、意外に思う。しかもすぐ横に来ると、自分と同じようにキースの様子を見ながらガルトが杯をあおる。

表情はいつもと変わらない渋面に見えるけれど、少し酔っているのかもしれない。

「どうして俺たちがこれほど喜んでいるかわかるか？」

ぽつりとガルトが問い掛けてくる。

「ドラゴンを退けることができたからですか？」

「二十点だ」

いきなり採点される。しかも落第点をつけられてしまった。

「理由は二つある」

ガルトがセナに向けて、人差し指と中指を立てて見せた。

「一つは、王とその側近たちから、捨て駒のように、無策で錯乱したドラゴンの討伐を命じられた我らのキース様が、無事でいられたからだ」

ガルトの言葉に驚く。

キースが錯乱したドラゴンの討伐を命じられていたなんて、思わなかった。

クッキーを焼いてきてくれた彼の様子から、何となく城では難しい立場にいるのかな、ぐらいは思っていたけれど……。

思い詰めたような顔は微塵《みじん》も見せず、セナをあれこれ気に掛けてくれた。

「だが、二つ目の方が俺たちにとってもキース様にとっても大きい」

ガルトは、もう一度視線を騎士たちを労い続けているキースに向ける。

「庶子の第六王子ということで、国ではずっと日陰に追いやられていたキース様が、ドラゴンの代替わりをほぼ被害をださずに成すという、とてつもない功績を挙げられたということだ」

特に方法も見つからないまま、錯乱したドラゴンを討伐しろという命令が無理難題に近いことは、事情をよく知らないセナでさえわかる。

それを達成したとなれば、王はキースを認めざるを得なくなるだろう。

確かに彼の騎士たちからすれば、喜ぶべきことだ。

「これでキース様は光の下へ出られる。もちろん、よからぬことを考える者があらわれるかもしれないが、それは俺たちが振り払えばいいだけのことだ。キース様を守るために騎士隊があるのだからな」

彼は真剣な表情で、今度は遠くを見つめる。

「あの方は人の上に立つ真の器がある。複雑な出生で悲しみを知っている分、他の王族とは違う。きっと、もっと大きな役目を果たされることができよう」

きっとガルトはキースのことを心底、慕っているのだろう。

男が男に惚《ほ》れるみたいな感じだろうか。何だか羨《うらや》ましくなってしまう。

「……なぜ、そんなことを私に教えてくれるのですか？」

ふといつになく饒舌《じょうぜつ》なガルトを不思議に思う。セナに対しては、いつも眉間《みけん》に皺《しわ》を寄せて、怒るか非難するばかりだったはずなのに、今日は違う。

「お前がキース様にとって——酔った末の気の迷いだ！」

何かを言いかけたところで、彼は止めてしまった。

酔いを醒《さ》ますように首を振る。そして、何もいわずにそのままセナの横から去って行ってしまった。

何とも勝手だけれど、キースへの想いを聞けて、気持ちを共有できて、嬉《うれ》しい。

「隊長と何を話されていたのですか？」

ずっと様子をうかがっていたのだろうか。ガルトが離れるなり、今度はティベリオがセナのところにやってくる。

「……騎士隊の心得について？」

「なぜ疑問系……まあ、いいでしょう」

曖昧《あいまい》に答えてしまったけれど、ティベリオもガルトと同じように上機嫌なのか、気にしないでくれた。

「貴女《あなた》に聞きたいことがあります、よろしいですか？」

どうやらガルトとの話より、そっちが本題のようだ。

「何でしょう？　あっ、もしかしてリシュカルに使った魔法のことですか？」

「はい、あの魔法は一体何だったのですか？　あれほどの広範囲の魔法、見たことも聞いたこともありません」

以前、ティベリオはセナの魔法に興味があると言っていた。だから、リシュカルに使ったのを間近で見て、ずっと気になっていたのだろう。

「〝爆《は》ぜろ〟の通常詠唱《シング》です」

「あれが……貴女が詠唱略《コール》で使っていた謎の魔法の、本当の威力だというのですか⁉」

ティベリオが驚き、ぐいっと身を乗り出してくる。セナは思わず一歩後ずさった。

「成功したのも偶然で、もう一度やって見せろって言われてもたぶん無理です」

「……そうでしょうね。魔法発動直前に、あり得ないほどの数の精霊が見えました。もしかすると、風の精霊が多く棲《す》まうリュド山だからこそ起こった現象なのかもしれません。いや、だとしたらわたくしの魔法にも何らかの影響があるはずで……」

途中から、一人でぶつぶつ言いながら、ティベリオが考え始める。

精霊たちが自分たちの王を正気に戻すために協力してくれた、ということはセナの妄想でしかないかもしれないので黙っておく。

「他に何かわかったら、ぜひ教えてください」

「は、はい……」

どちらかというと知りたいのはセナの方なのだけれど、強くお願いされてしまう。

そして、ガルト同様、勝手にぶつぶつ言いながら離れていく。

（あっ！　天属性のこと……伝え忘れた）

また、後で話せばいいと思い、セナは後ろ姿を見送った。彼に聞きたい魔法に関することは、まだまだ山のようにある。

ティベリオだけではない、リシュカルとの戦いで見せた、ヨルマの大地属性の強化魔法についても、詳しく聞いてみたい。

辺りを見回すと、木箱に腰掛けたヨルマを見つけた。

リシュカルの爪にやられた傷の具合も気になるし、セナの方から近づいてみる。

「ヨルマさん、怪我大丈夫ですか？」

「セナさん！　うん、全然平気。僕ってもともと頑丈だし、それにキース様の水の魔法で体力は回復できたから」

少し屈《かが》んでのぞき込むと、確かにヨルマの顔色は良さそうだった。

逆に血色が良すぎるぐらい――。

「――あっ、お酒！　駄目ですよ、怪我しているのに」

杯の中身は当然、セナと同じ葡萄水だと思ったのに、色が濃すぎる。

「いいじゃん、少しぐらい。お祝いなんだからさー」

「駄目です。お酒は血の巡りを良くして体温を上げるので、怪我をしているとせっかく塞《ふさ》いだ傷跡がまた開いて、出血することがあるんです」

腰に手を当てて、ヨルマに怪我で飲酒することの危険さを説く。

「なんかさぁ、セナさんって……キースさまに似てきたよね？」

「えっ……」

確かに思い返してみると、先ほどの台詞《せりふ》はオカンぽい。つまりキースっぽい。

「やっぱり波長が合うのかなぁ、セナさんとキースさまって。惹《ひ》かれ合うっていうか」

「何を言ってるんですか！　い、今はヨルマさんの身体を心配して……」

「照れない、照れない。いいじゃん、キースさまとセナさんってー」

自分でもわかるぐらい、頬が熱くなっていく。

すると、そこへタイミング悪く、キースが手に椀《わん》を持って現れた。

「んっ？　俺がどうしたって？」

「キ、キースこそ、どうしたの？　私に何か用？」

ヨルマに冷やかされたので、キースのことを妙に意識してしまう。

「食え、あんたの大好物だろ」

キースが椀を突きだしてくる。

「わぁ、ありがとう」

感謝しながら受け取ると、美味しそうな匂いが鼻孔をくすぐった。

「――味噌《みそ》汁っ⁉」

何十人分という食材の下ごしらえをし続けていたので、キースが何を調理しているのか、全然わからなかった。

身体を温めるためにも、野菜を鍋《なべ》で煮込んでることぐらいはわかっていたけれど、まさかこんなところまで味噌を持ってきていたなんて思わない。

（あっ……でも、こんなレア料理、みんなは――）

心配して、周囲を見る。やはり、キースとセナをのぞいて、皆が味噌の香りに微妙そうな顔をしていた。

「なんだ？　いらないのか？」

「い、いえ……しかしキース様、これは……」

椀をのぞき込みながら、騎士たちが戸惑いの声を上げる。

するとと、座っていたガルトがすっと立ち上がった。

「ここは、俺がっ！」

忠誠心がさせたのか、ガルトが立ち向かうのを皆が見守る。

キースから椀を受け取ると、がっと一気に胃袋へ流し込んだ。

「ほっ……」

いつも緊張してみえるガルトの表情が、不自然なほど緩む。

様子を見ていた隊員たちが「どっちだ？」「わかりづらい」などとざわつく。

「うまいじゃん、何これっ！」

「これは発酵の香りと、旨《うま》みですか……ほう……」

ガルトに続いて、ヨルマとティベリオが味噌汁を食べて、感想をもらす。それでやっと他の人たちも食べ始めて、あちこちから「ほっ」と「うまい」が溢《あふ》れた。

セナも味噌汁を味わう。具材は鳥の肉とキノコがたくさん入っている。

「んっ、美味しい……味噌の濃さも、具材との味のバランスも絶妙。おまけに熱々」

「当然だろ。もう味噌の使い方は完璧《かんぺき》だ」

とても野営で作れる料理の味加減ではない。

味噌料理では完全にセナの上を行かれてしまった気がする。

（ははは……これでまた味噌が広まっちゃったかなぁ）

騎士たちは気に入ったのか、いつのまにか、味噌汁の鍋の前にはお代わりの行列ができている。

「私も！　もう一杯だけ！」

早くしないとなくなってしまう。

それぐらい、キースの味噌汁は美味《おい》しくて、優しい味がした。


その日の深夜、セナは天幕で目を開けた。

「いつもぐっすりなのに……眠れない……」

ここ最近は特に慣れないことの連続で、夜になると疲れ切ってベッドに入るとすぐに瞼《まぶた》が重くなっていた。

昨日は夜まで考え込んでいて、深夜にリュド山の神殿を抜けて朝まで歩いたから、眠くないはずがない。

それなのに慣れない天幕のせいか、横になって小一時間経っても、セナは眠気に襲われることがなかった。

仕方なく、上半身を起こす。こうした時は無理に目を瞑《つぶ》っていても逆効果だ。

一人抜け出しても、誰も起こす心配はなかった。

騎士隊は全員男性なので、セナは四、五人は泊まれるだろうという広い天幕を独り占めしてしまっている。

「少しだけ、夜風に当たってこよう」

するりと外套《がいとう》を羽織ると、セナは天幕から出た。

外は月明かりと、獣を近づけさせないためのたき火で思ったよりもずっと明るい。

（たき火って、見ていると落ち着くかな）

天幕が並べられた中央には、一番大きなたき火があり、見張り役の人のためだろう、周囲には椅子代わりの丸太が四つ並べられていた。

そこへ向かおうとすると、先客が一人だけいることに気づく。見張りが一人だけということはないから、残りの人は巡回でもしているのだろう。

「すみません、私もいいですか？」

自分もたき火に当たらせてもらおうと、声をかける。

「んっ？　セナ……なんだ、眠れないのか？」

「キース!?」

すると、振り向いたのは騎士ではなく、キースだった。

一人でたき火の番をしていたのだろうか。

「座れよ」

キースがすぐ隣をパンパンと手で叩《たた》く。ここへ座れということらしい。

少し離れて座ろうか迷ったけれど、ここで距離を取ると逆に変な気がして、セナは彼の指示に従うことにした。

腰掛けると、たき火の熱さがすぐに肌に伝わってきて暖かい。

「あんた、今日はとんでもない魔法を使ったからな、軽い興奮状態のままなんだろ」

「そう……なのかな？」

キースが言うのだから、きっとそうなのだろう。

確かに〝爆ぜろ〟の通常詠唱《シング》を使ってから、妙に意識がはっきりとしていて、どこか落ち着かない。

「しばらくここで俺と休んでいけ。そうすれば、落ち着く」

彼の言葉をセナは嬉《うれ》しく思った。

夜の宴《うたげ》で、もっとキースと話したいと思っていたからだ。

けれど、彼の周りには常に多くの騎士たちがいて、何となく話しそびれてしまっていた。

「キースは……どうしてたき火の番を？」

距離の近い騎士隊とはいえ、さすがに王子にまで持ち回りで見張り役をさせるとは思えない。ガルトがさすがに許さないだろう。

「……あんたと同じだ」

ばつが悪そうにキースがぼそりと呟《つぶや》く。どうやら彼もドラゴンと対決したことで興奮していて、今日は眠れなかったらしい。

「だから、見張りを一時間ほど代わった。ここで夜襲に遭うはずがないしな、たき火さえ絶やさないようにしていればそれでいい」

キースがたき火に乾いた枝を放り投げる。

ヨルマの言っていたように、キースと自分は似ているのかもしれない。

思わず、笑みをかみ殺す。

「……なんだよ？」

「何でもない。それよりこれ、なにを火にかけてるの？」

誤魔化すようにセナは目の前の物を指さす。

目の前のたき火には、野営用の携帯道具なのか、金属製の編み目になっている簡易の台がかぶせられ、その上には小さな手鍋が置かれていた。

「んっ」

キースは手鍋の中身をコップに注ぐと、飲めとばかりにセナに突きだしてくる。

「ありがと……あっ、ホットミルク？」

「砂糖を足してうんと甘くしてある。飲めば眠くなるはずだ。本当は酒を数滴垂らすといいんだが、あんたが飲めなくなるかもしれないからやめておいた」

手渡されたコップを両手で包んで手を温めながら、セナはミルクを口に運んだ。

「……あったかい味」

味噌汁についで、ほっとする味だ。

小さい頃に夜中眠れないと、どちらの母も作ってくれたことを思い出す。

本当にこの王子は、中身がオカンじゃないかと疑いたくなる。

「…………」

二人とも無言でホットミルクを少しずつ飲んでいく。

時間はゆっくり流れていて、何も話さなくても変な焦りは生まれてこない。聞こえてくるのは、遠くから届く動物の鳴き声と草木の囁《ささや》きだけで、落ち着くことができた。

一人で森の中にいたら、こんなに安心はできないだろう。きっとキースがいるから、穏やかな気持ちでいられるのだと思う。

出会ってまだ日が浅いというのに、どうしてこんなにも彼は身近になったのだろう。

考えてみたけれど、言葉にできるような答えは見つからない。そもそも明確な理由なんてないのかもしれない。

「……あんたさ」

しばらくして、キースの方から口を開く。

「俺はああ言ったけど、本当にリシュカルのところにいなくてよかったのか？」

リュド山で再会した時のことを言っているのだろう。

結婚相手は自分で選べ的なこととか、リシュカルには嫁に出せないとか。

「……キースは、私がリシュカルのところにいた方がよかった？」

「違う、そういう意味じゃない！」

彼は急にセナの方を向くと、真剣な顔で強く否定してきた。

別に本当にキースがそう考えているとは思っていなかったのだけれど、悪い気がしてしまう。

「ごめん、言い方間違ったかも」

「いや、俺もいきなりすぎた」

色々克服したつもりだったけれど、やはり言葉って難しい。

けれど、謝ればきちんと気持ちは伝わってくれて、相手もすぐ許してくれる。

「リシュカルのところに私がいた方が、国にとってはいいってことじゃないよね？」

詠み手《コーラー》であるセナが、リシュカルの伴侶《はんりょ》となってその大きな力を抑えた方が国としての心配はなくなる。それどころか、ドラゴンと友好的な関係を築けるかもしれないことは、事実だった。

「考えなくもないが、俺は国王じゃない。手の届く奴を犠牲にしてまで、国の安定を保とうとは思わない」

きっぱりとキースはセナの言葉を否定してくれた。

ガルトの言っていた他の王族と違うということは、何となくこういうところを言うのかもしれない。

「あんたが詠み手《コーラー》だということは、すでにベクラールに伝わっているだろう。俺が連れ出したせいで、もう普通の生活が送れなくなるかもしれない。俺の側にいたせいで巻き込んだかもしれない」

言われるまで自覚していなかったけれど、キースの言う通りだ。

戻れば、劇的に生活は変わってしまうかもしれない。

（でも、普通の生活って――）

森の一軒家で、一人ひきこもって暮らすだけ。

あの生活に未練なんて、今はこれっぽっちもない。キースと学んだり、冒険したり、料理をしたりするのは、その何十倍も楽しい。

「リシュカルのところにいる方が、よっぽど自由があるかもしれないぞ」

真剣にそう思っているらしい。何だかそれがおかしく思えてきてしまう。

「なんだよ？　俺、何かおかしなことといったか？」

思わず、彼の問いに頷《うなず》く。

「いつも強引なキースらしくないと思って」

「俺が……いつも強引？」

どうやら自覚がないらしい。うんうんと頷いてみせる。

「私は元の生活には戻りたいなんて思わないし、リシュカルの伴侶になるつもりなんてないよ。マネンの街で皆との生活は……ちょっとだけしてみたかったけれど」

キースの顔から不機嫌さが消えて、にっと笑う。

「そっか、ならいい。忘れてくれ」

「うん……」

頷くとまた心地よい無言になる。

すると、キース特製のホットミルクの効果か、瞼《まぶた》が重くなってきた。

「眠くなったか？　天幕に戻れよ」

「ううん、もう少しだけ……いる」

セナの我儘《わがまま》をキースは許してくれた。

まだ一緒に居たくて、けれど、眠くて、思わず身体を傾ける。

セナは気づけば、とさっと彼の肩に頭を預けていた。

「……セナ？」

キースの呼び掛けも遠くなる。

頭から伝わってくる彼の肩は、思っていたよりも大きくて逞《たくま》しい。

（キースも、男の人……だもんね）

触れていると温かくて、安心して、ずっとこうしていたい心地になる。

「セナ、おい、セナ、眠ったのか？　ったく、こんなところで、風邪引くだろ」

小言も、子守歌に聞こえてくる。

「聞こえてないだろうが……もし、あんたに何があっても俺が守る。それだけは誓う。国王だろうが、何だろうが、セナを傷つけさせたりしないからな」

身体が引き寄せられ、肩からずるっと頭が落ちる。

キースの胸に身体を預けながら、眠りについた。


その日、セナは夢を見た。

すれ違ったままだった友達と偶然、街でばったり会った。

あの時のわだかまりは時間が解決してくれていて、カフェでお互いの昔のことや近況を、何時間もおしゃべりする。

よかった、仲直りできたとほっとした。

そして、最後にセナは彼女にキースの話を始める。

「王子なのに、ありえないぐらいにオカンで、凝り性で……でも、すっごくいい人」

彼女は「そうなんだ、大事にされてるんだねー」とニコニコしながら聞いてくれていた。

〜

お便りはこちらまで

〒一〇二―八一七七
富士見L文庫編集部　気付
柚原テイル（様）宛
ｓｏｒａ（様）宛

富士見L文庫

転生《てんせい》魔女《まじょ》は滅《ほろ》びを告《つ》げる

柚原《ゆずはら》テイル

2020年8月15日　初版発行

発行者　青柳昌行
発　行　株式会社 KADOKAWA
〒102-8177　東京都千代田区富士見2-13-3
電話　0570-002-301（ナビダイヤル）

印刷所　株式会社暁印刷
製本所　本間製本株式会社
装丁者　西村弘美

定価はカバーに表示してあります。　◇◇◇

ISBN 978-4-04-073776-8 C0193